Erinnerungen an ein Stück Leben

I. Statt eines Vorwortes...

II. Wir Blagen...

III. Museumsbesuch

IV. Strotenkötter

V. Oppa Jendrich

VI. Echte Kumpel oder Paluch aus Ostpreußen

VII. Roswitha, my love

VIII. Alfred Kaszcinski sain kurzet Lebn

IX. Die Currywurst und ich

X. Jupp, der über´n Zaun gesprungen ist

XI. Agamemnon

XII. Strotenkötter II

XIII. Mein Oller

XIV. In memoriam Hans Tilkowski

XV. Haare, nix als Haare

XVI. Mater ecclesia

XVII. T-Shirt oder Hemd

XVIII. Fünf Freunde und vierzig Jahre

XIX. In der Kunstausstellung oder Werk ohne Name

XX. Nomen est omen oder nur Schall & Rauch

XXI. Recklinghausen 9/19

Statt eines Vorwortes...

Ich bin im Ruhrgebiet aufgewachsen und habe fast dreißig Jahre dort gelebt. Fast alle Männer aus meiner Familie sind Bergleute gewesen. Ich sollte es einmal besser haben; deswegen schickte man mich auf ein Gymnasium. Dort erfuhr ich eine andere Wahrnehmung von meiner Familie als die, die ich kannte. Mein Elternhaus, unsere Wohngegend, meine Freunde entsprachen nicht den Vorstellungen, die man von dem Schüler eines humanistischen Gymnasiums erwartete. Zum Glück gab es Menschen - ob Jugendliche oder Erwachsene -, die mir halfen, in diesen Parallelwelten zu Recht zu kommen.

Trotzdem führte es dazu, dass ich eine Ambivalenz gegenüber meinen Eltern, meiner Heimat entwickelte. Als junger Erwachsener lernte ich mit dieser Dichotomie umzugehen.

Durch einen Umzug ging mir nach und nach der Bezug zu meiner Geburtsregion verloren.

Es war dann ein Schreibwettbewerb aus dem Ruhrgebiet mit der Themenvorgabe „Schmeckt's?", der mich auf die Idee brachte.

Ich erinnerte mich an eine Begebenheit aus meiner alten Heimat, bei der die Currywurst eine besondere Rolle gespielt hatte. Die Geschichte spielte sich vor fast fünfzig Jahren ab. Ich versuchte, dieses Erlebnis so exakt wie möglich nachzuerzählen. Und dazu gehörte auch die Verwendung des Idioms des Ruhrpotts. Von da ab wurde es schwierig! Mir wurde in der Schule unsere Alltagssprache ziemlich ruppig ausgetrieben worden. Dazu wollte ich die besondere Ausdrucksweise der dortigen Sprache berücksichtigen – kurz, knapp, ohne Schnörkel, verständlich für Jedermann.

Trotzdem – ich wollte es versuchen!

Und plötzlich war alles wieder da! Der Tonfall, die Spreche, Wörter wie bebaumölen oder Fissematenten.

Vierzig Jahre schleswig-holsteinische Westküste waren und sind nicht dazu imstande, die Wurzeln auszurotten.

In der Vorbereitung zur Currywurst-Geschichte habe ich mir aktuelle Ruhri-Literatur angeschaut – und ich war mit meinen verqueren Emotionen nicht alleine!

Als ich Sarah Meier-Dietrichs Text „Wo die Liebe hinfällt...“ und die abgewandelten Zeilen Theodor Storms „Am grauen Fluss, am Zechengrab und seitab liegt GE...“ gelesen hatte, entdeckte ich verloren geglaubte Verbundenheit wieder.

Dann kamen Nachrichten wie „Kulturhauptstadt“, die phantastische Umnutzung von Zeche Zollverein, der U-Turm von Dortmund plötzlich Szeneviertel, die Renaturierung von Emscher und Hellbach und ich wurde neugierig.

Ein Treffen mit alten Freunden von damals kam in Planung, mir fiel ein, dass ich ja auch noch Verwandtschaft im Pott hatte, um die ich mich kaum gekümmert hatte, und schließlich war ich über die vielen Jahre absoluter Fan des BVB geblieben.

Ja, da fühlte ich mich wieder mittendrin und begann, meine Geschichten aufzuschreiben! Nachdem ich einmal innehielt, um zu korrigieren, kam ein: „Wen interessiert denn eigentlich der Schnee von gestern?“

Ich schaute mir meine Schreibe genau an; es

stimmte! Die meisten Menschen, die diese Geschichten vielleicht lesen würden, kennen den Ruhrpott gar nicht mehr so, wie ich ihn beschrieben habe. Alles nur der verklärende Rückblick eines in die Jahre gekommenen Mannes auf alte Zeiten!

Dann schaute ich noch genauer hin:

Das Mädchen Roswitha, von dem noch die Rede sein wird, könnte ihren Platz auch in der Echtzeit haben; sie war Opfer eines Übergriffs. Öffentliche Bekenntnisse wie #metoo gab es nicht. Oftmals wurden diese Ereignisse tot geschwiegen oder höchstens in der Familie, im engsten Freundeskreis thematisiert; denn es gab damals bemerkenswerterweise keine klare Differenzierung zwischen Tätern und Opfern!

Oder Alfons Paluch, der Heimatvertriebene, dessen Geschichte mir auf einmal ganz frisch und neu vorkam!

Wie oft habe ich meine Eltern über das Schicksal dieser Menschen sprechen hören. Und heute? Vielleicht erinnerten sich 2015 während der Migrationswelle noch die Menschen, die halfen, an die Situation, als Gastarbeiter angeworben und freudig begrüßt wurden. Der millionste Arbeiter aus Portugal bekam damals als Begrüßungsgeschenk ein Moped.

Heute gibt´s Prügel oder schlimmstenfalls Molotow–Cocktails!

Und all die schicksalhaften Unglücksfälle, die uns auch heute noch treffen können - wie sie damals die Familie und Freunde von Teddy Kaszcinski trafen.

Auch seine Geschichte soll hier erzählt werden.

Ich kam also zu dem Schluss: wer den alten Zeiten nachtrauert, kann lesen und sich fragen, was war damals eigentlich so gut? Wer feststellt, dass diese Ereignisse auch in die Zeit von Facebook, Twitter und Youtube passen, hat auch nicht unrecht.

Soll sich doch jeder daran bedienen, wie er will!

Jedenfalls habe ich für mich beim Schreiben herausgefunden, wie viel Herzblut ich noch für diesen Flecken Erde habe – egal, ob lärmende, klopfende und ratternde Industriemetropole der 1960er Jahre oder quirliger Hotspot für Kunst und Kultur, Innovation und Kreation von heute, auch mit seinen Negativerscheinungen.

Nicht alle Geschichten haben sich tatsächlich so zugetragen; ich habe teilweise Wirklichkeit und Fiktion zusammen gebracht. Sie könnten sich aber genauso abgespielt haben!

Wir Blagen...

„Wir sindan nomma wech, bein Hemmann, en Pils trinkn, un mach kain Scheiß!", so oder ähnlich verabschiedeten sich meine Eltern des Öfteren. Ich lag schon meist im Bett und durfte noch lesen. Wenn ich dann die Haustür zuklappen hörte, stand ich auf, ging in ihr Schlafzimmer, das sein Fenster nach

Westen zur Straße hatte, setzte mich auf die breite Fensterbank und schaute auf die Fahrbahn. Direkt vor unserer Wohnung stand eine Laterne, die einen zehn Meter-Lichtkegel auf den glänzenden Asphalt warf. Daneben befanden sich gleich die Schienen der Straßenbahn und rund dreihundert Meter entfernt Richtung Westen hörte man die Züge von Münster nach Essen. Das Geräusch der Eisenbahn war unheimlich; erst ein undefinierbares Rauschen, dann der klopfende Rhythmus der Schienenstöße. Bevor der Zug die Brücke zu überqueren hatte, musste Geschwindigkeit gedrosselt werden; die Bremsen quietschten, das Rattern über der Brücke wurde lauter und dann verschwanden Bahn und Geräusch nach Süden. Diese Wahrnehmung aus dem Dunkel erinnerte mich an ein konturloses, gefährliches Wesen, an eine undefinierbare Bedrohung denken, obwohl ich wusste, dass der Zug sie verursacht hatte. Mir lief jedes Mal ein Schauer über den Rücken.

Doch neben dem Gruselgefühl gab es ein kribbelndes, nicht unangenehmes Ziehen in der Magengegend; es war ein diffuses Empfinden, das ich nicht einordnen konnte. Erst als ich älter war, wurde mir die Bedeutung klar. Ich war bisher immer nur entweder bis nach Essen oder Münster mit dem Zug unterwegs, wusste aber, dass er bis Paris, München, Berlin oder wer weiß wohin noch fuhr. Einmal drin sitzen und nicht nur über Gelsenkirchen bis Hauptbahnhof Essen!

Ich wollte an die Nordsee, an die Alpen und am

liebsten alles gleichzeitig, wollte raus aus dieser dunkelgrau verhangenen Stadt, in der nur vom Pütt und Fußball gesprochen wurde, richtige Wellen an den Füßen spüren und nicht bloß das Geplätscher der Kohlekähne auf dem Rhein-Herne-Kanal hören, wollte Schnee auf den Bergen anfassen, der strahlend weiß und nicht schon nach einer Stunde modderige Pampe war.

Wenn es hoch kam, sind wir an die Mosel gefahren, aber Weinberge sind nun mal keine Alpen, und die Mosel nicht viel besser als unser Kanal.

Es klingelte die Straßenbahn; hundert Meter von uns entfernt war die Haltestelle der Linien 5, 8 und 18. Manchmal benutzte ich mein billiges Fernglas von der Kirmes, um zu sehen, wer ein- oder ausstieg; im Dunkeln konnte man aber wegen der beleuchteten Fenster die Leute auch so erkennen. Um diese Zeit kam meist der mickrige Paluch nach Hause; er hatte Mittagsschicht und ging von der Haltestelle immer gleich zu Zappe, der Trinkhalle; ich hab nie verstanden, wieso diese kleine Bude Halle hieß. Aber so hieß sie nun mal. Ich wusste, da trank er drei, vier Underberg und zwei Pullen Bier. Auch Roswitha, meine große Liebe, stieg aus; sie muss so um die Sechzehn gewesen sein, arbeitete als Verkäuferin in der Innenstadt und hatte immer die neuesten Klamotten an. Mit den schwarzen, langen Haaren, den geschminkten Augen und einem tollen Busen war sie meine große Liebe. Ich war viel zu jung, als dass sie mich auch nur angesehen hätte.

Dafür poussierte sie gern mit den Halbwüchsigen aus unserer Straße. Aber so richtig hat sie keinen ran gelassen. Heute wurde sie von Alfred abgeholt; Alfred, der sich gerne wie ein richtiger Halbstarker „Ted" nannte. Auch Frau Strotenkötter, die schwerfällig die hohen Stufen der Bahn hinunterstieg, wohnte in der Nachbarschaft. Sie sah immer irgendwie bekümmert aus mit ihrem Schlottermantel und den dunklen Falten um die Nase. Wir mochten sie eigentlich nicht, weil wir wohl auch ein wenig bange vor ihr waren. Ich kam später ganz gut mit ihr klar; möglicherweise auch, weil sie mir ganz vertraut eine Menge aus ihrer Familie erzählt hat. Als Letzter tappte dann Opa Jendrich aus der Linie 5; er ist sicher in der Stadt gewesen, um in der Tierhandlung irgendwas für seine Bienen zu besorgen.

Die Linie 5 war die älteste Bahn der Straßenbahngesellschaft. Sie war ein stumpfnasiger, hoher Kasten, die man schon von weitem an ihrem Geklapper hören konnte. Der Stromabnehmer sprühte bei jeder Gelegenheit Funken. Die Türen ließen sich nur öffnen, wenn man durch einen Daumendruck zunächst die Verriegelung lösen und anschließend die Schiebetür auf zerren musste. Für uns Kinder, die morgens mit der Bahn in die Schulen der Innenstadt fuhren, war das ein ordentlicher Kraftakt. Oft gab es dann Gemecker, wenn es für die dahinter stehende Warteschlange nicht schnell genug ging. Drinnen roch es nach dem feuchten Holz der Sitzbänke und den dicht gedrängt stehenden Menschen. Die Linien 8 und 18 waren moderner, mit sich selbstständig öffnenden und schließenden Türen, Kunststoffpolstern und automatischer Haltestellenanzeige. Die Türautomatik funktionierte nicht immer reibungslos; da kam es schon mal vor, dass Leute eingequetscht wurden. Dann war groß Theater!

Auch tagsüber saß ich, wenn es regnete oder überhaupt scheiß Wetter war, gerne auf der Fensterbank. Dann fotografierte ich mit meiner kleinen Agfa-Pocket die vorbei fahrenden Autos; natürlich spielte die Marke eine Rolle. Gogos oder Käfer waren für mich kein Motiv. Es sei denn, die Nummernschilder wiesen darauf hin, dass die Autos von weit her kamen. Obwohl man nachher auf dem Foto das Kennzeichen nicht mehr lesen konnte, wusste ich immer ganz genau, aus welcher Ecke der Bundesrepublik der jeweilige PKW stammte. Meine Star-Fotos waren ein BMW Bertone und ein Maserati. Bald kannte ich fast alle Marken und Modelle, bekam ein extra Fotoalbum und wunderte mich, dass meine Eltern für die zig Autobilder das Geld ausgaben.

Als ich zehn oder elf Jahre alt war, wurde ich ernsthaft krank; ich hatte heftige Bauchschmerzen, einen heißen Kopf und war schlapp. Ich musste ins Bett und unser Hausarzt wurde gerufen.
Dr. Schädel hieß nicht nur so, sondern hatte tatsächlich einen riesigen Kopf und eine dröhnende Bassstimme. „Der Junge hat Blinddarm, der gehört

ins Krankenhaus". Nun bin ich noch nie in einem Krankenhaus gewesen und auch nie operiert worden. So hatte ich schon ziemlich Bammel!

Alles war mir fremd, das Hemd, das nur im Nacken geknotet wurde, aber sonst hinten alles offen ließ, das Essen, die Menschen. Vor der Operation hatte ich eigentlich keine Angst, sondern war höchstens aufgeregt. Nachdem ich eine Spritze bekam, von der ich nichts spürte, versank alles im Dunkel; als ich wieder aufwachte, spürte ich nur ein dickes Pflaster am Unterbauch. Neben mir lag ein Kerl mit eingegipsten Bein, so um die Zwanzig.

„Na, du Stippi, haste endlich ausjepennt?" Ich verstand nur die Hälfte, bis ich rauskriegte, dass er aus Berlin kam. Wenn abzusehen war, dass demnächst kein Arzt oder keine Schwester auftauchen würden, musste ich ihm beim Aufstehen helfen, damit er ans Fenster gehen und eine durchziehen konnte. Da hab ich auch zum ersten Mal geraucht. Sonst hat der nur von Berlin, seinen tausend Frauen, die er gehabt hat, und von legendären Schlägereien gedröhnt.

Als dann bei einer Visite mir ein Arzt das Hemd hochschob, um sich die Operationsnarbe anzusehen, wurde ich puterrot, weil alle, auch die jungen Schwesternschülerinnen, meinen kleinen Pimmel sehen konnten. Der Berliner darauf, als alle gegangen waren: „Hey, Kleener, haste schon mal jepimpert?" Dann zog er sein Krankenhaushemd hoch und meinte: „Haste de Haare am Sack, kannste auch pimpern. Kommt schon noch!" Ich träumte

13

nachts von Haaren am Sack.

Wieder zu Hause zeigte mir Mami - wir sagten Mami zu unserer Mutter - einen Brief unseres Gymnasiums, in dem mitgeteilt wurde, dass ich zur Aufnahmeprüfung zugelassen worden bin.
Ein großes Hallo in der Familie! Alle beteiligten sich an Zukunftsplänen für mich: Oma wollte, dass ich Priester werde, meine Mami dann auch, weil sie nicht widersprechen wollte, mein Vater sagte nichts. Ich musste drei Tage vormittags in diesem Riesenklotz von Schule Prüfungen in verschiedenen Fächern ablegen. Dann sollte es noch ungefähr eine Woche dauern, bis man Bescheid bekäme.
Die Schule war eine reine Jungenschule, dazu früher noch Klosterschule. Die Religionslehrer waren natürlich Priester, und die Schüler mussten jeden Mittwochmorgen vor der Schule in die schuleigene Klosterkirche zur Messe. Der Priesterwunsch von Oma und Mami war hier also bestens aufgehoben! Doch es sollte alles anders kommen…
Am ersten Tag hatte ich Herzklopfen und schweißige Hände, als ich die Schule betrat, über irre lange, glänzend polierte Flure den Klassenraum erreichte, in dem unsere erste Prüfung stattfinden sollte. Die Tür stand offen, und es saßen schon einige Jungs in meinem Alter in den Bänken. Natürlich wurde ich beäugt und inspiziert und wollte eigentlich gleich wieder umdrehen; ich sah sofort, ich gehörte nicht zu ihnen. Schicke Hosen und Pullover, blank geputzte Schuhe, manche sogar mit

Hemd und Schlips. Die Haare nach der neusten Mode. Ich wollte nur weg. Aber da stand schon der Lehrer in dunkelgrauem Anzug mit blauer Fliege an der Tür und begrüßte uns. Von einem Zettel las er alle Namen vor und wir mussten uns melden, wenn wir dran waren. Bei den Nachnamen mit der Endsilbe -ski oder -iak zog er die Augenbrauen hoch, linste über den Brillenrand und guckte sich die Burschen länger als die anderen an. Es gab so drei, vier Jungs, die diese besondere Inspektion über sich ergehen lassen mussten. Die hatten fast alle Lehrer immer auf dem Kieker. Da gab es dann den Spruch: „Dat und Wat ist polnisch Platt! Hier wird vernünftiges Deutsch gesprochen!" Der Gebrauch der Alltagssprache wurde instrumentalisiert, um das „Polnische" zu diskriminieren. Dann wurde nach dem Beruf des Vaters gefragt. Dass es Schüler gab, bei denen auch die Mutter arbeitete, kam wohl an dieser Schule nicht vor. Wenn der Vater Rechtsanwalt, Arzt oder sonst ein hohes Tier war, musste die Frau natürlich nicht arbeiten gehen. Hieß es aber „Bergmann" oder „Schlosser" und die Noten waren später auch nicht besonders, dann kamen Äußerungen wie „Schuster, bleib bei deinen Leisten" oder „Von Dir habe ich auch nichts anderes erwartet". Die blank gewienerten Jungs wurden von Mama oder Hausmädchen mit dem Benz oder BMW von der Schule abgeholt; wir mussten alleine mit der Straßenbahn nach Hause fahren.
So viel zur Chancengleichheit an dieser Schule!
Es ging aber auch anders - zumindest bei einigen

Lehrern! Unser Mathelehrer war ein älterer, grauer Herr – grau im wahrsten Wortsinn; immer graue Anzüge, graue Krawatten, graue Haare, aber mit einem hintersinnigen Humor, den er gerne auch an uns Schülern ausprobierte. Da gab es keine Standesunterschiede. Und bei schlechten Leistungen wie bei mir in Mathe kamen keine hämischen Anmerkungen, sondern Sätze wie „Du hast eine Vier minus mit einem Minuszeichen, das so lang ist, dass sich ein Affe daran schaukeln kann". Dann war alles halb so wild!

Zudem gab es eine Geschichte über Opi- so hieß er bei uns -, die wohl schon seit Schülergenerationen über ihn erzählt wurde: die Sache muss sich in der Oberstufe abgespielt haben. Ein besonders langer Schlaks hatte Mist gebaut; Opi zu ihm: „Klaus, ssetztenS sich, ich muss Sie rupfen!" Was so viel wie „an den Haaren ziehen" hieß; ein beliebter Griff der Lehrer, bei dem sie die kurzen Haare an den Koteletten langsam aufdrehten. Als Opi fertig war, griff besagter Klaus hinten in die Hosentasche, um seinen Kamm herauszuholen und sich die Haare wieder in Ordnung zu bringen. Darauf Opi in seiner Wiener Mundart: „Um Gottes willen, Klaus, lassens Messer ssitzen!" Immer wieder gerne erzählt!

Auch unser Turnlehrer gehörte in diese Kategorie der besseren Pauker. Die Schüler mit den schlechten Zensuren in seinem Fach waren meist die Muttersöhnchen, verzärtelt und ihm nicht kernig genug. Aber anstatt sie bloß zu stellen wie es andere

Kollegen gerne taten, gab er ihnen Übungen, die für sie leichter zu bewältigen waren. Er leitete auch die Ruder-Arbeitsgemeinschaft, an der ich gerne teilnahm. Im Winter übten wir in einem eiskalten Keller auf einem Wasserbecken die entsprechenden Ruderzüge, um keine „Krebse zu fangen", wie er immer sagte. Uns froren bald die Finger am Holz fest, aber die Stimmung in dieser AG war immer gut. Im Sommer ging es dann nach Datteln auf den Dortmund-Ems-Kanal, an dem ein Bootshaus unserer Schule stand. Diese Nachmittage waren für uns wie Ferien! Endlich merkten wir auch mal, wie viele Kilometer wir ruderten; für mich war es besonders spektakulär, wenn es bei Kilometer 23 auf der Kanalbrücke über die Lippe ging. Man fuhr im Wasser über ein Wasser!

Es war das ganze Drumherum, das wir an diesen Sommertagen so liebten – es wurde gegrillt, unser Pauker spielte Gitarre und wir ließen uns die Sonne auf den Bauch scheinen. Zwischendurch zum Abkühlen in den Kanal; wir passten immer die schnellen und tief liegenden Schleppkähne ab, weil sie besonders hohe Wellen verursachten. Einige Mutige von uns schwammen entweder ganz nah im Schraubenwasser oder versuchten, die Bordwand zu erwischen, um sich dann auf den Kahn zu schwingen. Auf Deck angekommen dauerte ihr Aufenthalt allerdings höchstens ein paar Sekunden, denn der Schiffsköter war schnell und bissig. Ein paar ganz Verwegene rannten zu einer nahe gelegenen Brücke, die über den Kanal führte; dort warteten sie bis ein langsam fahrender Schubverband mit Kohlestaub vorbeifuhr, und sprangen dann in die Kohlehaufen. Das war natürlich irre gefährlich, weil sie exakt den Sprung abpassen mussten, um genau im Staub aufzukommen und nicht daneben. Es gab Riesenärger mit den Schiffsleuten, und als unser Lehrer davon erfuhr, drohte er mit Rausschmiss aus der AG, falls irgendwer noch mal auf solch blöde Ideen kommen sollte.

Mein Lieblingsfach war Biologie; ich wollte unbedingt Herzchirurg werden, nicht einfach Chirurg, sondern nur Herzchirurg. Ich hatte eine kleine Kladde, in der ich pausenlos alle möglichen Herzen zeichnete, mit roten Adern und blauen Venen, Hamsterherzen, Schweineherzen und natürlich auch Menschenherzen. Es war ein richtiger Spleen!

Als dann 1967 die erste geglückte Transplantation eines menschlichen Herzens gelang, war dieser Fimmel schon längst passé. Trotzdem war und blieb Biologie mein bestes und liebstes Fach.

Dann begann die Zeit, in der auf einmal Mädchen eine Rolle in unserem Leben spielen sollten. Einige redeten schon früher immer viel vom Knutschen und Fummeln. Doch zwischen Theorie und Praxis herrschte weiterhin ein himmelweiter Unterschied.

Mich erwischte es mit Petra, meiner ersten „Freundin"–sie ging auf unser Mädchengymnasium, eine Klasse unter mir. Petra wohnte mit ihrer Familie nur ein paar Minuten zu Fuß von uns entfernt. Im

Sommer zottelte sie immer per pedes zur Schule, im Winter fuhr sie mit der Straßenbahn. Ich machte es genauso, lief ungefähr fünfzig Meter hinter ihr, immer darauf bedacht, nicht von ihr bemerkt zu werden; winters in der Straßenbahn stieg sie eine Station nach mir ein, und ich versuchte, in dem allgemeinen Gedränge unauffällig in ihre Nähe zu gelangen. Ich war so schüchtern wie nur was!

Sie trug die Haare so aufregend kurz wie Julie Driscoll, die Augen wie sie schwarz geschminkt, Rüschenklamotten und Schlapphüte; ihr „Markenzeichen" waren allerdings winzige Wäscheklammern, die am Pullover oder an Hemdkragen befestigt waren.

Ich war total durcheinander, so verliebt war ich!

Irgendwann haben wir in unserem Jugendtreff nach Crispian St.Peters „You were on my mind" einen Klammer-Blues getanzt und da merkte ich, dass meine Kindheit vorbei war.

Ein Museumsbesuch

▶ Es ist Sonntag, halb Zehn, die Sonne hängt wie ein dicker, giftig-gelber Ballon an einem stahlblauen Himmel. Kleine Windhosen aus Staub, trockenen Blättern und Abfall tänzeln über dem Asphalt. Die Spatzen, sonst immer lärmig und aufgeregt, sitzen apathisch in den Dachrinnen und halten den Schnabel. Die Hitze hängt bleiern über der Stadt. ◀

So langatmig und ein wenig schwülstig begann die Schilderung einer Begebenheit, die Herr Schreiber erlebt hatte.
Erhard Schreiber wohnte in der Nachbarschaft und war immer etwas Besseres. Er arbeitete auf dem Amt; heute ist er Rentner, nein: er ist Pensionär. Immer gepflegte Hände, ein Scheitel, wie mit dem Beil gezogen.
Er raucht nicht, er trinkt nicht, hatte in unseren Augen nichts, worüber man lästern konnte. Er war

20

einfach stinklangweilig! Ein echter Tintenpisser!

So einer passt natürlich in ein Museum, fanden wir; er ist dem Verein unseres kleinen Museums beigetreten und hat sich zu ehrenamtlicher Arbeit bereit erklärt. So einen nahm man gerne!

Und diese Geschichte hat sich wirklich so zugetragen.

Also:

▶ Erhard Schreiber öffnet die Eingangstür des Museums; an diesem Morgen ist er für den Kassendienst eingeteilt worden.

Aus dem Inneren dringt abgestandene, schwül-warme Luft, die ihm fast den Atem nimmt. Hörbar schnauft er durch die Nase. Sollte er erst einmal lüften? Offene Fenster verschärfen später beim Zuschließen das Problem eines Fehlalarms der Bewegungsmelder – allerlei fliegende und krabbelnde Lebewesen könnten ins Haus gelangen. Doch Erhard ist durch über vierzig Jahre Büroluft gestählt. Ihm macht der Mief nichts aus. Vor rund drei Jahren endete seine Zeit als Abteilungsleiter des hiesigen Ordnungsamtes; dort hat er etliche Sitzflächen von Bürostühlen blank gesessen, zig Kollegen ausgehalten, die damals noch rauchten und nach Knoblauch, Zwiebeln und nach wer weiß was stanken sowie die unterschiedlichsten Sorten Parfüm diverser Sekretärinnen inhaliert. Was sollte ihm noch passieren!

Also lässt er die Fenster geschlossen und macht sich auf den Rundgang, um die Beleuchtung einzuschalten und nach dem Rechten zu sehen. Im ersten Stock ist die Luft zum Schneiden; eine angeschlagene Hummel dreht brummend irre Kreise auf einer Fensterbank.

Schwer atmend gelangt Erhard ins Erdgeschoss; er schaltet die Kasse betriebsfertig, entnimmt einer abgewetzten Aktentasche die Thermoskanne mit schwarzem Tee, so wie er es vierzig Jahre lang gemacht hat. Auch sein Pausenbrot gehört dazu.

Als er seine Utensilien ausgepackt und exakt vor sich platziert hat, schwankt er noch zwischen dem bereits begonnenen Kreuzworträtsel oder der Fachlektüre über Museumspädagogik, die ihm die Museumsleiterin vor einigen Tagen in die Hand gedrückt und wärmstens empfohlen hat. Sicher wird er heute für beide Dinge Zeit haben – das Wetter scheint nicht zu einem Museumsbesuch zu verlocken.

Ein wenig verdrießlich entscheidet er sich zunächst für die Publikation; verdrießlich deswegen, weil diese ihn bei der ersten Durchsicht regelrecht wütend gemacht hat.

Eins sei vorweg gesagt: Erhard erfüllt alle Voraussetzungen für das Klischee eines leitenden Beamten im Öffentlichen Dienst; er trägt im Dienst wie in der Freizeit seine grauen Hosen, ein blütenweißes Hemd mit dezent gestreifter Krawatte sowie die dazu passende Weste, von der er noch vier weitere Exemplare im Schrank hängen hat; auch bei der heutigen Hitze ist er nicht von dieser Kleiderordnung abgewichen. Das einzige Zugeständnis ist der Verzicht auf seine schwarzen

Lederhalbschuhe; heute hat er sich für etwas luftigere Slipper entschieden.

Und genauso konsequent und penibel ist seine Denkweise, seine Geisteshaltung!

Er hat sich in der Vergangenheit ohne Wenn und Aber an Tatsachen, Fakten und Verordnungen gehalten. So hält er es auch im Dienst für das Museum!

Als eine Kollegin bei einer Führung „Geschichten hinter der Geschichte" vorgetragen hat, ist ihm der Kragen geplatzt und er hat ihr vorgehalten, dass historische Daten und ebenso belegte Exponate unumstößlich und nicht interpretierbar sind. Daraufhin hat sie mit den „storytelling objects" gekontert und schließlich seine Einwände mit einer Textstelle von Hannah Arendt vom Tisch gewischt, die davon gesprochen hat, dass „Tatsachen der Gegenstand von Meinungen sind, und Meinungen können sehr verschiedenen Interessen und Leidenschaften entstammen, weit voneinander abweichen und doch alle noch legitim sein, solange sie die Integrität der Tatbestände, auf die sie sich beziehen, respektieren."

Es ärgert ihn heute noch, dass ihm dazu kein schlüssiges Gegenargument eingefallen ist.

Schlag Zehn!

Es ist Museumszeit, und so öffnet er die Türen, bringt den Kundenstopper mit den Veranstaltungshinweisen in Position und schaut noch einmal die Straße rauf und runter. Keine Menschenseele, nur die unbarmherzige Sonne!

Erfreut über die zu erwartende Ruhe macht er es sich hinter dem Counter bequem.

Plötzlich Stimmengewirr!

Ein dumpfer Bass brummt, ein etwas kreischiger Tonfall mischt sich ein, dazwischen piepsige Kinderstimmen.

Da hat sich wohl eine Familie verirrt?

Wollte sie nicht eher in das nahe gelegene Freibad als ins Museum?!

Geraschel in Taschen und Beuteln und dann stehen sie da!

Erhard Schreiber linst über die Lesebrille, sieht vier Köpfe über dem Tresen und erhebt sich aus dem Bürosessel. Die Hose klebt schweißnass an den Oberschenkeln und schlagartig ist er nicht mehr erfreut. Es ist nicht nur die gestörte Ruhe, die seine Stimmung sinken lässt; es sind die Gestalten, die jetzt in voller Gänze vor ihm stehen und höchsten Argwohn in ihm hervorrufen. Vater, Mutter und zwei Kinder, Figuren wie aus einem Werbefilm für den Last-Minute-Teneriffa-Urlaub! Absolut keine Klientel für einen Museumsbesuch!

Der Papa: um die eins sechzig groß, mit einer Trommel von Bauch. Er trägt beigefarbene Dreiviertel-Hosen mit Tunnelzug unter den Knien, ein weißes Muskel-Shirt mit Popeye dem Seemann als Aufdruck, eine schwere goldenen Halskette, eine ebenso schwere Uhr passend zum Panzerkettenarmband. Die blau verspiegelte Sonnenbrille sitzt auf dem gegeelten, etwas schütteren Haar, das Doppelkinn schmückt ein Drei-

24

Tage-Bart. Weiß bestrumpfte Füße stecken in Badelatschen mit den drei Streifen, dazu trägt er eine pinkfarbene Bauchtasche mit zwei Hüftgurten. Zwischen Bauch und Tasche ist die Cap der „Dallas Mavericks" geklemmt. Aus einer der aufgesetzten Hosentaschen wurstelt er eine Rolle Geldscheine, die mit einem Gummiband zusammengehalten werden.

Die Gattin ist das weibliche Gegenstück: sie trägt an den pummeligen Füßen mit blau lackierten Zehennägeln zierliche Riemchensandalen, die Hose passend im Partner-Look, dazu eine weit geschnittene Bluse mit Puffärmelchen, die nur mit Mühe die massigen Oberarme kaschieren und den schwingenden Busen im Zaum halten kann. Das kinnlange Haar mit kecken Strähnchen bedeckt gnädig den feisten Nacken. Sonnenbrille und Schmuck dito! Zusätzlich diverse Ringe an diversen Fingern.

„Hamse auch sonne Karte fürde ganze Mischpoke hia?"

„Ja, natürlich gibt es eine Familienkarte; wie alt sind denn die Sprösslinge?"

Erhard schaut auf die Kinder. Tochter und Sohn werden in einigen Jahren das naturgetreue Abbild ihrer Eltern sein.

„Wat hatter gesacht? S-p-r-ö-s-s-l-i-n-g-e? Mama, will der uns verarschn?"

„Nein nein, is schon allet in Ordnung, mein Schatz".

Mama streicht beruhigend über den Schopf eines ihrer Wonneproppen.

Papa hat inzwischen einen Geldschein in der Hand.

25

„Wat macht dat nu?"
„Ich hätte dann gerne 18,-€ für die Familienkarte!"
„Watt?? Ganz schöne Preise habt ihr aba hia, naja, is ja für de Kuultuur!"
Erhard seufzt, gibt das Wechselgeld heraus und will mit den gewohnten Hinweisen für den Museumsrundgang beginnen.
„Sie fangen am besten...!?"
„Jaja, is Okay, guter Mann, wir komm schon klar!"

Geräuschvoll patschen drei Paar Badeschlappen in den ersten Ausstellungsraum, das Tapsen der Sandalen ist ein wenig dezenter.
Erhard Schreiber ist irritiert; ein Schluck Tee beruhigt seine etwas angespannten Nerven. Er kennt die Unterschiedlichkeit von Museumsgästen, aber diese Kategorie ist ihm bisher noch nicht untergekommen. Er geht ein paar Schritte im Eingangsbereich auf und ab, um seinen Geist zu beschwichtigen, wirft einen Blick auf die menschenleere Straße und entschließt sich zu einer Maßnahme, an die er bisher nicht im Traum gedacht hat: er wird den Vieren in gehörigem Abstand folgen. Es ist Neugier und Besorgnis zugleich. Den Gören traut er im Hinblick auf die ungeschützten Exponate alles, den Eltern bezüglich ihrer pädagogischen Kompetenz wenig zu. So will er ihnen auf den Fersen bleiben, um im Notfall einschreiten zu können.
Er hört, dass sie sich in Richtung Frühgeschichte bewegen. Lautlos folgt er ihnen.

„Papa, wat sindat hia für Scherbn?"

„Na, dat siesse doch wohl! Dat war mal ne Tasse oda so; steht ja auch hia, kannz jawo lesn?

Terra Sigelater, wat vonne Römers, ein T-a-f-e-l-g-e-s-c-h-i-r-r, sach ich doch, sowat wie unsa Kaffeegeschirr vonnen Otto-Versand!"

Da ist es wieder – dieses Geschwafel über einen Gegenstand, der doch eindeutig und unmissverständlich aus sich heraus zu erklären ist.

„Boaey, hia den Speer!"

„Un hia de Helme, fast wie bei Schtar-Woars, nur in Blech!"

Papa erklärt anhand der Beschriftungen die einzelnen Exponate; wenn die Beschreibung den Kindern zu dürftig erschienen ist, liefert er Erläuterungen, die Erhard die Haare zu Berge stehen lassen. Präzision und Klarheit bleiben auf der Strecke. Kompetenz hin oder her - das sind die „Geschichten", die er nicht ausstehen kann!

Mama ist bemüht die Kinder bei der Stange zu halten; denn die laufen aufgeregt von Vitrine zu Vitrine und stoßen sich die Nasen an den Schaukästen platt.

„Kinderkes, seid vorsichtich und macht nix kaputt!"

„Mensch Mama, is doch sowieso schon allet Schrott!"

Mama ist sprachlos; obwohl es schon Jahre her ist - es muss in der Grundschulzeit gewesen sein -, dass sie ein Museum besucht hat, sind ihr Hinweise wie „Pst, hier wird nur geflüstert" oder „Hört ihr wohl

auf zu rennen" in bester Erinnerung. Man betrat ein Museum wie ein Heiligtum, sprach nur, wenn man gefragt wurde, hatte Respekt, wenn nicht gar eine gewisse Ehrfurcht vor den Dingen zu zeigen.
Heute scheint alles anders zu sein!

Dann schreckt sie auf! Ein zweifacher Schrei ertönt, Kinderbeine liefern sich ein Wettrennen in eine Abteilung des Raumes, in der Computer eine Schlachtsimulation des römischen Heeres 200 n. Chr. präsentieren.
„Hia kumma, de komischen Dingers; da schmeißn se mit Felsen auffe Angreifers. Unda ham se so witzige Trompetn! Genau wie bei Asterix!"
Papa folgt seinen aufgedrehten Kindern.
„Nu lasst mich aumal ran; die komischen Dinger da, dat sind Caterpiller oder so ähnlich, nu lasst mich doch aumal ran!"
„Och, Papa, nu hasse allet wieda resettet. Manneye, du has doch keine Ahnung. Soon Scheiß!"
„Katapulte heißen die komischen Dinger". Leise flüstert Mama die Korrektur vor sich hin.
„Wat hasse gesacht? Na, is ja auch egal!"

Die Familie begibt sich in den ersten Stock; die schier unerträgliche Hitze hat noch zugenommen, scheint aber den Vieren nichts auszumachen. Schweiß rinnt, Gesichtsrötungen nehmen zu. Sie sind in der Mittelalterabteilung angekommen. Vor der Vitrine mit der Figur des Pfennigmeisters in seiner Amtsuniform – eines fürstlichen Bediensteten für die

28

Erhebung von Abgaben und ähnlichem - bleiben sie stehen.

„Papa, wat is datten fürn Kehr?"

„Mensch, Kinners! Nu hört doch ma auf mit fragen und lest endlich ma selba, dafür hamse doch die Schilda angeklebt – dat issen Beamta, der hat sich um de Steuern und Finanzn un so gekümmert hat. So wie der Heinrich Emmerich bei uns inne Straße, der auffem Finanzamt arbeitet. Siesse, der hia hat genau sonne olle Aktentasche wie der Emmerich und kuckt genauso streng!"

Erhard will sich schon wieder an den Kopf fassen; doch wie er in den Blicken der Kinder die Verwirrtheit schwinden sieht und ein erkennendes Leuchten in ihren Augen feststellt, kommen ihm zaghafte Zweifel an seiner Rigorosität. Auch Papas vorherige, etwas unbeholfene Beschreibung der römischen Tafelkeramik hat den Kindern schließlich die Provenienz, Merkmale und Funktion des Geschirrs deutlich gemacht.

Offensichtlich hängt das Verstehen der Welt und ihrer Dinge auch von der Herkunft, kulturellen Einflüssen, Erziehung und wohl auch moralischen Grundsätzen ab. Dies wird ihm am Beispiel dieser Familie immer deutlicher. Ist seine Sicht der Dinge qualitativ besser oder richtiger, nur weil er aus einem anderen Milieu stammt, oder ist sie doch nur eine andere Sicht?

Er erinnert sich an einen Satz von Karl Popper: „Ich mag unrecht haben und Du magst recht haben; und wenn wir uns bemühen, dann können wir zusammen vielleicht der Wahrheit etwas näher kommen."

Er ist verunsichert, ratlos; etwas bröckelt in ihm. Sollten etwa lebenslange Denkweisen und Überzeugungen durch diesen merkwürdigen Museumsbesuch in Frage gestellt werden?

Haben die vermeintlichen Kulturbanausen im erkenntnistheoretischen Sinne für sich nicht auch recht?

Während er gespannt auf eine für ihn logische und plausible Antwort nachsinnt, bemerkt er beunruhigt, dass er schon viel zu lange seinen Arbeitsplatz verlassen hat.

Keuchend erreicht er den Kassenbereich und gönnt sich einen Schluck aus seiner Thermoskanne. Er hört die Stimmen seiner einzigen Museumsbesucher noch aus dem ersten Stock.

„Sie kämpfen sich tapfer durch die Ausstellung", muss er honorierend einräumen.

Eine Viertelstunde später stehen die Vier wieder vor ihm, verklebte Haare, sichtbare Spuren der Transpiration auf T-Shirts und Bluse, der Atem geht schwer.

„Nun, Kinder, habt ihr Euch aber eine kühlende Erfrischung verdient, was!"

Erhard möchte mitfühlend Anteilnahme zeigen.

„Wat sachter? Siesse, Mama, der will uns wohl verarschn! Ich brauch gezz ne fritz-kola!"

Und Papa, der als letzter gen Ausgang strebt, grölt

Erhard aus vier Metern Entfernung mit hochrotem Kopf seine Anerkennung zu: „Mensch, da hasse aba en toftet Museum!" und verabschiedet sich mit einem heftigen Hieb auf Erhards Schulter; und bevor er die Vier höflich hinauslassen will, ist der Spuk auch schon vorüber!

Versonnen lächelt Erhard in sich hinein und resümiert:

„Tja, gezz musse ers ma sowatt erlebt habn, um...na ja!"

Kopfschüttelnd denkt er den Gedanken nicht zu Ende. ◀

Seit dieser Geschichte war Herr Schreiber ein anderer Mensch; er trug die Nase nicht mehr so hoch, mäkelte nicht mehr an uns herum, wenn wir pöhlten oder etwas lauter „Fischer, Fischer, wie tief ist das Wasser?" spielten.

Viel später hat er mir dieses Erlebnis erzählt, und ich glaubte ihm jedes Wort.

Strotenkötter

Im Nachbarblock in unserer Straße wohnte Lisa Strotenkötter. Sie war schon lange Witwe und richtig arm dran; ihr einziger Sohn war einer, dem man am besten aus dem Weg ging.

Angeblich hat er schon im Knast gesessen, aber geredet wird ja viel. Jedenfalls kümmerte sich dieser René kein bisschen um seine Mutter. Die hatte nur eine kleine Rente und durfte in der Bergmannswohnung bleiben, als ihr Mann gestorben war.

Es war immer etwas Geheimnisvolles um diese Familie; Nachbarn erzählten wüste Geschichten, aber - wie gesagt - geredet wird viel.

Ich konnte immer gut mit Frau Strotenkötter, ging mal für sie Einkaufen oder zur Post. Als sie dann älter und immer hinfälliger wurde, kümmerte ich mich um eine Hilfe für den Haushalt. Sie wollte nicht, weil ihr alles zu teuer war, konnte aber auch nicht mehr alleine für sich sorgen.

Eines Tages, es war ein paar Tage vor ihrem Tod, lud sie mich zu einer Tasse Caro-Kaffee und ein paar muffigen Keksen ein.

„So, Jungchen, gezz erzähl ich dir ma de Geschichte von mein Ewwin. Damitte Bescheid weiß unnich irgenen Schmonzes glaubn tus, dense inne Nachbarschaft vertelln tun.

Ewwin Strötenkötter warn Arschloch, ein echta Kotzbrockn!

Abba nich imma!

Auffem Schrebergartenfest ham wa uns kenn

gelernt, ordentlich geschwoft, naja un dann ebn ab
int Heiabett. Dammals war dat ja noch nix mit
Verhütung un so. Ich also schwanger un Ewwin
fuchsteufelswild: Wat soll dat mit dat Blag? Könn wa
uns gannich leisten und so weita! Dann hatter sich
aufgeregt, weil dat Bengelken Renè heißn sollte.
Renè, wat is dat überhaupt fürn Name? Gibt dat nix
Deutsches?

Da fing de ganze Malässe an.

Ewwin nölte nur noch rum, meckerte über meine
Figur. Naja, ich bin nen bissken aussem Leim
gegangn nachem Renè. Passiert ja! Undann war ja de
ganze Maloche mit dat Kind – mitte Windeln, wa ja
nich wie heute mit einfach wegschmeißen, musstest
ja waschn un so. Un mittat Ehelebn klappte dat
aunimmer – du weiss schon wattich mein, ne?
Ewwin dann ab inn Puff; war aunich schön! Dat
Kind, mittat Geld musstn wa knapsen, ich nur noch
mit olle Klamottn durche Gegend undann Ewwin
mit seine Tauben!

Da hättsen ma sehn solln – wie sonn verliebtn
Gockel issa da auffem Taubnschlach rumgejöckelt!
Wat der fürn Kokolores mit se angestellt hat!
Mamsell hier, Flocke da – so hießn die Viecher bei
ihm. Hatta zu mir noch nie gesacht! Die kamn bei
ihm bei, setztn sich auf ihm seine Schulter, under
schmuste regelrecht mit se!

Ewwin hat ja kein auf sein Schlach gelassn, abba ich
bin ihm eimal leise hinta her gestiegn – da habbich
dat gesehn! Er mit seine dicken Fingers hatse
gestreichelt wier unsan René nie gestreichelt hat. Mit

33

dem hatter imma nur rumgebrüllt un hattn gepiesackt. Hattn angebölkt wenna ma mit sein Handy gespielt hat, er soll dat Scheißding wenichstens bein Essen wechlegn. Nix konnte dat Renéken ihn recht machn! Der is dann imma öfter einfach abgehaun, is durche Gegend gestromert und dann habense Scheiß gebaut. Zigarettenautomaten, Kaugummiautomaten geknackt! Dat machte allet nur noch schlimma!

Undann die Süppelei von mein Ewwin – imma anne Bude von den Willi, vorne anne Ecke vonne Wilhelmstraße, weiß doch, ne? Da hatter mit seine Taubnkumpels gepichelt datte Schwarte kracht. Kama nach Hause, hatter kein Wort gesacht, einfach so int Bett oder mit seine schickobello Kopfhörers sonne komische Musik gehört.

Früher hatter mich ja mitgenommn; da sind wa zusamm bei Ernst inne Kneipe gegangn, ham geknobelt un richtich Spässken gehabt. Dat is abba lange her!

Tja, undann is mir irgendwie ma der Kragn geplatzt! Ewwin wama wieda mit seine Kumpels anne Trinkhalle bei Willi, ham irgendwelchen Tullux gequatscht wegen ihre Taubn. Ich hab allein inne Küche gesessn und hab Kreuzworträtsel gemacht. René war auch wech un auf einmal kam mir de Tränen, ich musste richtich Rotz un Wasser heuln. Undan hör ich ihn schon, wier anne Mülltonne strullert. Hatte so richtich geladn! Kommt rein, sacht, dasser bei Willi ne Wuast gegessn hat un haut ab int Bett. Da hab ich den Kaffee aufgehabt!

Et waja Samstach un ich wusste, dasser an Sonntach imma pennt bis inne Puppn; so voll wie der wa, würda bestimmt nix merkn.

Ich also an dat Schränksken unta de Spüle wo dat Rattengift wa. Dann bin ich stickum rauf auffen Taubnschlach un hab denen bissken wat hingestreut. De Viecher wie wild auf dat Zeugs los. Ich hab noch gewartet wat wohl passiert. Passierte abba ersma nix!

An Sonntach ich früh hoch, hab für René un Ewwin Frühstück gemacht undann ab inne Kierche. Wa schon bissken aufgeregt, watter Ewwin wohl sagn würde, wenna auffen Taubnschlach gehn würd.

Nache Kierche ich nach Hause; da stand inner Küche noch allet so wie ich dat hingestellt hab. Nur Ewwin sein Kaffepott fehlte. Normalaweise hab ich ihn imma gehört, wenner oben wa und groß Bohei mitte Taubn gemacht hat. Abba gezz wa allet still!

Ich also stickum de Treppe hoch unda seh ich, de Tür vonnen Schlach steht offn, de Kröppers alle auffem Boden mitte offenen Schnäbels - un mein Ewwin!

Voll gepisste Hose, de Zunge blau-rot ausse Fleppe kuckn, hängt da wie son mucksichen Sack annen Dachbalken! Hatter sich doch aufgebummelt!

Ährlich, kannze glaubn oda nich! Ich wusste nich, ob ich heuln oda lachn sollt. Ich hab ihn mir ne Weile angekuckt wier da so baumelt, auf eimal so friedlich, gannich mehr de fiese Sausack. Da hab ich so für mich gedacht, siesse Ewwin, nu is allet wieda gut! Du has deine Ruh un ich meine.

So, Jungchen, gezz weisse Bescheid! Abba behalt dat
bloß allet für dich. Ich hab schon genuch an mein
Ewwin sein Schicksal un mein schlechtet Gewissn zu
knapsn.
Allet andere, wat so geschludert wird, is Kokolores!"
Lisa Strotenkötter ist dann bald nach unserem
Gespräch gestorben; das Gerede über die
Strotenkötters hat sich aber noch hartnäckig
gehalten.

Oppa Jendrich

Auf dem Weg zu unserem Bolzplatz gab es eine
Reihe von kleinen Häuschen mit großem Garten;
dort wohnten die Püttleute ab Steiger aufwärts oder
die Angestellten. Einige Häuser konnten auch an

Nicht-Bergleute vermietet werden. So wohnte auch Erhard Schreiber in einem dieser Häuser; er war Angestellter der Stadt und hatte auf dem Ordnungsamt gearbeitet. Aber die Geschichte habe ich schon erzählt!

Diese Häuser, die schon vor dem Bau der Zechensiedlung errichtet worden sind, wirkten ein wenig verloren zwischen den einförmigen Hausreihen der Kolonie, der immer höher werdenden Kohlenhalde und der großen Kokerei. Genauso verloren wirkte auch ein Bewohner dieser Häuschen.

Walter Jendrich war ein feiner, freundlicher, alter Herr. Er musste so um die Achtzig sein, die wenigen Freunde, die noch lebten, nannten ihn Wallek.

Walter ist Fördermaschinist auf Zeche gewesen; er musste sich also nicht dreckig machen und nicht so malochen wie die Kumpel vor Ort. Als Fördermaschinist trug er weiße Arbeitskluft in seinem Bedienstand. Aber auch er nahm regelmäßig sein Mutterklötzken für den Küchenherd mit nach Hause.

Seitdem es den Sparclub „Zum roten Heller“ in Zappes Trinkhalle gab, war Walter dabei; regelmäßig kam er freitags in Herberts Kiosk, packte meist einen Fünfer oder Zehner in sein Sparfach und bestellte sich einen Wacholder. Dann wurde alles Mögliche belatschert und mit der Aufforderung „Na, Wallek, nochn Wachölderken?“ trank Walter seinen zweiten Schnaps. Meistens verschwand er danach nach Hause. „De Wallek, dat isn richtign Finnigen, irgendwie is der wat Besonderet!" so redeten die anderen, wenn er gegangen war.

Walter Jendrich war immer sauber, frisch rasiert und trug nie olle Klamotten.

Für uns Kinder, die in der Nachbarschaft lebten, war er Oppa Jendrich – ein Oppa, wie sich Kinder eben einen Oppa vorstellen. Er war eher ein wenig klein und pummelig, hatte nur noch einen silbrigen Haarkranz, trug immer Cordhosen und rauchte jeden Tag drei Zigarren. Zum Lesen brauchte er eine Brille, aber sonst sahen seine blauen Augen klar in die Welt. Jeden Morgen, Punkt Sieben, sahen wir ihn in der Küche seines kleinen Häuschens herumwirtschaften; dann trat er, wenn das Wetter schön war, mit einem Pott Milchkaffee vor die Haustür, holte sich die Zeitung aus dem Briefkasten und grüßte uns Kinder, die zur Schule mussten; auch den Erwachsenen winkte er gut gelaunt zu. Dann setze er sich auf die kleine Gartenbank neben der Haustür, setzte die Brille auf und begann in der Zeitung zu blättern.

Alles in allem war er wohl zufrieden mit seinem Leben – richtig glücklich war er aber, wenn er in seinem Garten herum pusseln konnte. Da blühten Blumen, die wir nur aus den Büchern vom Bio-Unterricht kannten! Er hatte sich um Apfel-, Birnen- und Pflaumenbäume zu kümmern, die jeden Herbst reichlich Obst trugen, das er dann in der Nachbarschaft verschenkte. „ Ach, Kinners, lasst ma steckn; ich kann ja doch nich allet allein verkasematuckeln", war seine ein wenig verlegene

Antwort, wenn die Menschen ihm dafür Geld anboten. Sein Garten war ein echtes Prunkstück! Im Frühjahr fanden sich die verschiedensten Vogelarten ein und nisteten in den Bäumen, wir konnten Frösche und Lurche am Gartenrand beobachten, im August schwirrten die Libellen, überall war Leben!

Sein ganzer Stolz aber waren vier Bienenstöcke; weil bei ihm so viele unterschiedliche Pflanzen und Blumen wuchsen, hatten die Bienen schon im Frühsommer reichlich Nahrung. Es war für alle immer ein Ereignis, wenn er dann mit Imkerbluse, Hut und Schleier auftauchte; in einer Hand trug er die Rauchdose, mit der anderen öffnete er die Bienenkisten. Dann schwirrte und summte es im Kräuterrauch, er zog die Waben aus den Kisten und verschwand mit ihnen im Haus; in den nächsten Tagen standen dann so sechs bis acht Gläser Honig auf dem Küchenfensterbrett. Sie standen nicht lange dort. Denn den Leuten in der Straße war klar, wie gut der Honig von Oppa Jendrich schmeckte - hundert Mal besser als der aus dem Supermarkt! Auch in diesem Jahr sah man ihn wieder in seiner Imkermontur an den Bienenstöcken hantieren; aber dieses Mal war irgendetwas anders. An einer Wabe fingerte er besonders lang herum und schien mit sich selbst zu sprechen.

Wir Kinder stellten uns vor:

Wenn man nah genug bei ihm gestanden und ihm über die Schulter geschaut hätte, dann wäre folgendes aufgefallen - auf der Spitze des Zeigefingers von Oppa Jendrich saß eine Biene, die größer als die anderen war, es war die Königin, und wir glaubten, dass Oppa Jendrich sich mit ihr unterhielt!

„Ach, Wallek, wir haben es schwer; meine Arbeiter schuften, um genug Pollen heran zu schaffen, damit die Brut genug zum Leben hat. Du weißt ja selbst, wie viel Futterteig du uns zusätzlich geben muß. Dein Garten ist ja wie ein Paradies für uns, aber sonst? Noch nicht mal am Straßenrand oder in den Schrebergärten finden sie genug. Du siehst selbst, wie schlapp und mager ich geworden bin. Mein Volk wird wohl nicht überleben. Es geht mit uns zu Ende!"

Oppa Jendrich schien schockiert. „So darfse nich redn, da muss doch noch wat zu machn sein", rief er aufgebracht. „Sieh dich doch bloß um! Überall wird gebaut und zugepflastert, wir schwirren kilometerweit, um ein vernünftiges Plätzchen mit Blüten zu finden. Vielleicht gibt es etwas Taubnesseln oder Löwenzahn an der Halde, vielmehr ist ja nicht zu holen. Und die paar Menschen, die sich um uns kümmern, sind wirklich nicht genug! Nein, nein, das war es mit uns", entgegnete sie resignierend. Mit versteinerter Miene setzte er die Königin zurück in die Bienenkiste; sie drückte sich in eine Ecke und schien unsäglich müde.

„Aba wat wollt ihr denn machn?" fragte Walter ganz teilnahmsvoll. „Wir werden wohl bald ausschwärmen und uns einen guten Platz zum Sterben aussuchen; an dir, Wallek, liegt es ja wahrlich nicht. Auf dich konnten wir uns verlassen. Wir hatten immer ein gutes Miteinander, aber du bist nun mal die Ausnahme. Anderen scheint es völlig egal zu sein, was mit uns passiert. Deswegen habe ich keine Hoffnung mehr. Mach´s gut, Wallek, ich wünsche dir ein langes Leben!" Damit verkroch sie sich in ihrer Wabe.

Und wir glaubten, dass es sich genauso zugetragen hatte.

Nun war Oppa Jendrich sicher kein Öko-Fuzzi, aber er hatte von Kindheit an gelernt, dass man mit Umwelt und Natur sorgfältig umzugehen hatte. Das betraf Tiere und Pflanzen gleichermaßen. Er konnte sich an seine Kindheit erinnern, in der Naturschutzverbände noch nicht trendy waren. Zu Hause wurde der Müll getrennt, ohne dass drei oder vier Mülltonnen vor dem Haus standen. Essensreste wurden gesammelt und zum Bauern als Schweinefutter gebracht; die Milch wurde lose in einer Kanne gekauft, Tetrapaks gab es nicht. Und Kartoffeln und Gemüse gab es entweder selbst im Garten, oder man kaufte es in Papiertüten vom Markt. Der brennbare Müll kam in den Ofen.

Sicher, die Welt hatte sich verändert; er wusste noch genau, wie lange es gedauert hatte, sich im Supermarkt zu Recht zu finden. Und er ärgerte sich jedes Mal, wenn nach einem Einkauf und dem Einräumen ein Haufen Verpackungsmüll übrig blieb. Sein Garten vor dem kleinen Reihenhaus war nicht groß genug, um auch noch Gemüse

41

anzubauen, und Bauern gab es in seiner Gegend schon lange nicht mehr.

Das hatte er uns immer wieder erzählt; eigentlich kannten wir seine Geschichten zu Genüge. Doch wie der erzählen konnte, haben wir trotzdem mit offenen Mündern und großen Augen zugehört!

Vor einiger Zeit hatte er in der Zeitung gelesen, dass ein großer Gelehrter folgendes prophezeite: wenn die Biene einmal von der Erde verschwände, hätte der Mensch nur noch vier Jahre zu leben! Keine Bienen, keine Bestäubung, keine Pflanzen, keine Tiere und letztlich kein Mensch mehr.

Er wurde sehr nachdenklich und zunehmend ratlos.

Er sah seinen Garten verkümmern, Bäume und Blumen verdorren und eingehen, keine Vögel, die ihn morgens mit ihrem Zwitschern weckten. Doch nicht nur sein Garten, die Parks und Grünflächen, Sträucher und Bäume, die es noch gab, würden ebenfalls absterben. Und das alles nur in vier Jahren?! Vielleicht hatte sich der kluge Mann aber nur verrechnet? Doch es kam wohl nicht darauf an, ob es in vier oder zehn oder zwanzig Jahren passierte, es würde passieren!

Das war nicht mehr seine Welt!

So - glaubten wir - würde sich die Szene abgespielt haben. Wir kannten ihn ja gut genug; und dass man mit den Tieren sprechen kann, haben wir schließlich in Religion gelernt.

Noch vor dem Dunkelwerden setzte Oppa Jendrich

sich auf seine Gartenbank und zündete sich seine dritte und letzte Zigarre an.

Wir kamen vom Pöhlen zurück, bölkten albern rum und grüßten ihn schon von weitem; manchmal hatten wir Glück, denn er verschenkte nicht nur Obst, sondern auch - wenn er hatte - oft genug Bömmsken. Doch irgendwie war er heute nicht gut drauf!

Ganz früh am nächsten Morgen saß er immer noch dort; aber er grüßte keine Schulkinder oder deren Eltern mehr. Auch die Zeitung steckte noch im Briefkasten. Kein Becher Kaffee neben ihm – Oppa Jendrich war tot, und wir glaubten zu wissen, weshalb er gestorben war.

Echte Kumpel oder Paluch aus Ostpreußen

Alfons Paluch war nach dem Krieg in den Ruhrpott gekommen; seine Familie lebte auf dem Gutshof Galiny in Masuren. Dort war er Pferdeknecht, Frau und Kinder arbeiteten auf dem Gut. Er wurde mit seiner Familie vertrieben, seine Frau und zwei Kinder wurden auf der Flucht von den Russen erschossen.

Nach einem Aufenthalt im Durchgangslager Unna-Massen kam er mit seiner ihm verbliebenen Tochter Ida erst gegen Ende der 1950er Jahre in unsere Straße.

43

Er war also nicht mehr ganz jung, aber ein zäher, sehniger Typ von der Sorte „nicht unterkriegen lassen". Als Ungelernter fing er auf Zeche an und musste zunächst den Hauerlehrgang absolvieren. Und er konnte keulen! Seine Kumpel wussten ihn zu schätzen, obwohl er anfangs wegen seines Dialektes gerne Zielscheibe ihres Spottes wurde.

„Na, Alfi, sach doma wat Polnischet!" Dann lächelte Alfons etwas gequält: „Ihr Lorbasse, schabbert ihr nur; lass ich mich von euch doch nich vernatzen!" Und schon grölten alle!

Mein Vater arbeitete eine Zeit lang mit Alfons auf Schacht 7 General Blumenthal und beide hatten eine große Vorliebe: Pferde!

Alfons, klar, er war Pferdeknecht in Ostpreußen, mein Opa väterlicherseits Pferdepfleger auf der Trabrennbahn in Gelsenkirchen. Schon als Kind war mein Vater also mit Pferden zugange. Wenn es sich ergab, quaterten sie über ihre Erlebnisse mit den Tieren, und das Beste für sie war: zu ihrer aktiven Zeit vor Kohle gab es noch Tobias, das Grubenpferd! Was haben die beiden ein Bohei um den Zossen gemacht!

Alfons ließ sich von Ida immer ein Bütterken extra schmieren und nahm regelmäßig die Kartoffelschalen von zu Hause mit auf Arbeit. Hatte Tobias wegen der Bewetterung mal Probleme mit den Augen, war Vater sofort auf der Rennbahn und besorgte Salben, Cremes und Öle, als wenn Tobias im Sterben liegen würde. Natürlich hatte er die nötigen Sachen zur Fell- und Hufpflege auch von der Rennbahn besorgt. Sie betuttelten den Hottemax wie einen reinrassigen Vollblüter. Beide übertrafen sich in der Fürsorge um den Gaul; aber keiner durfte dabei die Nase vorn haben, da beäugten sie sich misstrauisch. Und wenn Tobias mal keine Lust auf Arbeit hatte, überlegten sie ernsthaft, zwei, drei Loren abzuhängen, damit das arme Hottehü nicht so viel zu schleppen hatte.

Es ist durchaus vorgekommen, dass Grubenpferde sich so schwer verletzten, dass sie getötet werden mussten. Das geschah vor Ort, unter Tage; Vater erzählte von anderen Zechen, dass es dann tagelang Gulasch mit Nudeln in der Werkskantine gab.

Den beiden wäre es nie in den Sinn gekommen, in so einem Fall ihren Tobias zu verspeisen!

Tobias war bereits unter Tage, als Alfons auf Zeche anfing; er hatte schon seine Jährchen auf dem Buckel, und würde wohl auch nicht mehr lange die Hunte ziehen. Alle Püttmänner, die Tobias kannten, überlegten, wie man sein Rentnerdasein organisieren sollte.

Doch dann kamen auf einmal ganz andere Sorgen!

Plötzlich wurden Feierschichten verfahren. Das hatte man von anderen Zechen schon gehört, aber doch nicht bei uns?!

Man lief zum Vertrauensmann und wollte mehr wissen. Der zuckte nur mit den Schultern: „Ihr wisstoch wie dat is! Kuck dich domma um – Dorstfeld hamse dicht gemacht, die „Morgensonne" in Wattenscheid fördert nich mehr. Wat soll ich da machn? Abba, dat könnt ihr mir glaubn – auffe

45

Strasse wird bei uns kainer gesetzt!"

Das hörte man gerne, aber so richtig geglaubt hat keiner dran. Dann lud die Gewerkschaft zu einer Vollversammlung ein. Die Bude war rappelvoll und die Stimmung gereizt. Angeblich sollte sogar der Vorsitzende der IGBE Walter Arendt sprechen; auf „unsan Wallek" ließ keiner was kommen. Der hat früher selber vor Kohle malocht, der wusste Bescheid. Und dann kam er tatsächlich; aber als er den Püttmännern verklickern wollte, was Sache war, blieb denen erst die Spucke weg, dann ging das Gemotze los. „Wat is denn hia los? Will der uns verarschn? Dat gibbet doch wo nich!"

Da wurde von Subventionen geredet, die dazu geführt hätten, dass der Kohlemarkt übersättigt sei, unsere Kohle sowieso zu teuer, von aufgehobenen Schutzzöllen auf Erdöl, das ja so viel billiger sei, schließlich von Braunkohle und Atomkraft als Konkurrenten. Als Arendt dann noch anführte, dass der bundesdeutsche Bergmann einen deutlich höheren Lohn erhielte als die in anderen Ländern, war die Hölle los!

„Wat blubbert der da? Mensch, halt doch de Fresse! Un watt is mitte Feierschichtn? Willze vielleich mittn Herrn Direkter ein auskungeln? Erzähl doch kein vom Pferd!" Das Ende vom Lied war, dass die Schichtführer beauftragt wurden, mir den Kumpeln zu sprechen, bei denen eine Entlassung wahrscheinlich war. Klar, es traf natürlich diejenigen zuerst, die ganz unten auf der Leiter standen – Giovanni, Mustafa, Roberto und wie sie alle hießen, oder die, die sich kurz vorm Kaputtschreiben noch immer vor Kohle abrackerten und in den Vorruhestand geschickt werden sollten, ja, und eben auch Alfons.

So war es nicht nur auf Blumenthal, sondern im ganzen Ruhrpott. Doch die Zeiten der einsamen Zechenfürsten, die auf Wohl und Wehe, manchmal sogar über Leben oder Tod entscheiden konnten, waren vorbei!

Offensichtlich traute man auch den satten Gewerkschaftsfunktionären nicht mehr so recht; neben den offiziellen Auftritten der IGBE wählte man Sprecher aus den eigenen Reihen, die mit der Direktionsebene verhandelten. Ohne Urabstimmung oder Genehmigung der Gewerkschaft legten in diesen Tagen die Kumpel für Stunden oder gar Tage die Arbeit nieder. Lohnerhöhungen, mehr Urlaubstage, eine Treueprämie und die Zusage, dass die Arbeitsklamotten auf Werkskosten(!)gewaschen werden sollten, nahmen zunächst ein wenig Dampf aus dem Kessel.

Doch es ging ja um mehr als nur ein paar Mark mehr in der Lohntüte – es standen die Arbeitsplätze auf dem Spiel, und es war alte Tradition, dass niemand ins Bergfreie fallen durfte!

Von wegen!!

Als dann bekannt wurde, dass auch Graf Bismarck in Gelsenkirchen dicht gemacht werden soll, kam es zu Protestaktionen mit Tausenden von Püttleuten - und nicht nur in Gelsenkirchen.

Mit den Gastarbeitern konnte man ja noch relativ

47

problemlos umspringen - viele haben gekeult wie die Bekloppten, wohnten zu Dritt oder Viert in billigen Wohnheimen, gaben kaum Geld aus und schickten die Penunsen in die Heimat. Die konnten dann wieder nach Hause!

Für Alfons gab es kein anderes zu Hause mehr als das in unserer Straße!

Und da merkte man, dass der Spruch „Der Bergbau ist nicht eines Mannes Sache" nicht nur hohles Geschwätz war; zwar wurde unter Tage oft gestänkert, man verarschte sich, manchmal gab es auch mal was auf die Schnauze, aber wenn es „Hart auf Hart" ging, waren die Kumpel füreinander da. So auch bei Alfons!

Seine Schicht schickte eine Abordnung von Kumpeln, die auch mal vernünftig das Maul aufmachen konnten, zum Vertrauensmann; der sprach mal vom Stellvertreterprinzip – das hieß für Alfons eine andere Zeche -, mal von der Möglichkeit, sich Kaputtschreiben zu lassen und in den Vorruhestand zu gehen. Alfons wollte beides nicht.

„Da hab ich doch nuscht nich von! Hab ich doch scheene Wohnung hier, bin ich doch kein Pracher!" Was so viel hieß wie „Ich arbeite doch und bettel nicht"!

„Mensch, Alfi, nu janker ma nich rum; wir findn schon wat für dich!"

In Rente gehen kam für ihn deswegen nicht in Frage, weil er auf dem Gut natürlich nicht geklebt hatte, und die Zeit auf dem Pütt zu kurz war, um ordentlich Bezüge zu bekommen.

48

Er musste also noch arbeiten!

Kumpels und Nachbarschaft halfen aus; Walter Jendrich, der noch immer gute Beziehungen zum Pütt hatte, erreichte bei der Verwaltung, dass Alfons in der Siedlung bleiben konnte. Als sich die alten Säcke bei Zappe an der Trinkhalle zum Süppeln trafen und überlegten, wie sie Alfons unter die Arme greifen konnten, wusste einer von ihnen, dass bei der Firma Becorit - einem Zulieferer für den Bergbau - tatsächlich Leute gesucht wurden. Es war zwar nicht der Pütt, aber das Unternehmen war durch seine Produkte eng mit der Zeche verbunden und sie war am Ort; so konnte Alfons bei der Herstellung der damals innovativen 6-Stempel-Wanderpfeiler mitarbeiten. Seine Erfahrung vor Kohle war ihm dabei hilfreich.

Als mit Alfons also alles paletti war, ging bei Zappe die Post ab!

Alfons verzichtete auf seinen Underberg, und brachte stattdessen zur Feier des Tages zwei Pullen Danziger Goldwasser mit in die Bude. Das Pils floss in Strömen, und es wurde geschickert, dass die Schwarte krachte.

Am nächsten Morgen hatten alle einen dicken Kopp, waren aber mit sich zufrieden.

Roswitha, my love

Roswitha war ein heißer Feger. Sie war anders als die anderen Schicksen aus der Nachbarschaft. Ich kannte sie schon, da ging ich in den Kindergarten und sie in die zweite Klasse der Volksschule.
Die Janeks wohnten direkt neben uns. Ihr Vater war Schneider; er machte alles, was in der Straße an Anziehsachen gebraucht wurde, zuhause in seinem „Schneiderzimmer“. Wenn ich zum Beispiel eine Hose, die enger oder weiter gemacht werden musste, bei ihm abholen sollte, musste ich in dieses Zimmer; dort sah es aus wie Kraut und Rüben. Wie der den Überblick behalten hat, war mir immer ein Rätsel! Aber es gab nie irgendeine Reklamation; er kannte genau seine Pappenheimer, griff zielsicher immer das richtige Stück aus einem Haufen Klamotten. Und er machte allen immer einen guten Preis!
Roswithas Mutter Elli war eine super Frau mit einer super Figur; alle fragten sich: „Wie is de Hemmann

bloß an diie Tussi ran gekomm?". Sie war eine echte Wuchtbrumme und die einzige Frau aus unserer Umgebung, die sich ihre Fingernägel rot lackierte. Deswegen rümpften einige die Nase, wenn von ihr die Rede war. Als Kind fand ich sie toll, weil sie so ganz anders war als die ollen Tucken aus der Nachbarschaft. Und Roswitha sollte genauso schnuckelig wie ihre Mutter werden!

Schnell merkte man nach einiger Zeit den Entwicklungsvorsprung, den die Mädchen vor uns Jungen hatten. Wenn wir unsere Sommerplörren anhatten, wir Jungens, mit stöckeligen Beinen in den kurzen Hosen und den damals üblichen Turnhemden, die Mädchen, ärmellose Blusen und kurze Röckchen, die Arm in Arm über den Bürgersteig bummelten und über alles Mögliche gibbelten, da konnten wir bei Roswitha schon die Haare unter den Achseln sehen.
So nach und nach verloren wir uns aus den Augen; sie war ja auch viel älter als ich. Nach dem Volksschulabschluss machte sie eine Lehre als Verkäuferin in einem großen Kaufhaus in der Stadt, und ich sah sie nur noch mit den Halbstarken herumhängen. Das war die Bande um Alfred, René und den anderen Rabauken mit ihren Kreidler Floretts. „Ey, Rosi, zeich ma deine Melonn!" riefen die Pappköppe schon von weitem, wenn Roswitha zu ihnen schlenderte. Sie grinste nur und schäkerte bloß mit ihnen rum; mir tat es immer richtig weh, wenn sie so blöde angepflaumt wurde, wollte, wenn

ich älter geworden wäre, sie vor diesen Knallärschen beschützen. Doch Roswitha brauchte keinen Schutz! Wie sie in ihren bunten Rockabillykleidchen, den weißen Söckchen und Turnschuhen, dem wippenden Pferdeschwanz mit dieser ganzen Blase umsprang! Alle konnte sie um den Finger wickeln und verscheißern, und die Blödbirnen merkten es nicht mal!

Dann kamen Gerüchte auf: „Ey, hasse schon gehört, dat de Elli ihr Wenna den Mädken anne Wäsche gegangn is? Dat musse dir ma reintun, de eigene Onkel!"

Ich hatte Null-Ahnung, was dieser Spruch bedeuten sollte; Anne Wäsche gehen? Außerdem wagte ich nicht zu fragen, weil ich dann sicher zuhören bekäme: „Wo hasse datten her? Du kanns ja allet essn, muss aba nich allet wissn!" So dauerte es, bis ich die Bedeutung dieses Satzes kapierte; ich war geschockt und richtig gehend verstört!

Meine Roswitha von anderen Männern angegrabscht; ich traute mich nicht, mir vorzustellen, wie das Ganze wohl abgelaufen ist. Die süße Roswitha und der usselige Alte?! Andererseits hatte ich mich schon bei Gedanken erwischt, was sie mit den Halbstarken so alles treibt. Ich habe aber nie gesehen, dass sie mal mit Alfred oder einem anderen geknutscht oder gefummelt hat.

„Dat kommt von dat! Wennse imma so breitbeinich auffem Moped sitzt, müssn de Kerle ihr ja zwischn de Beine kuckn! Undann imma dat Getue mitte Hallodries. Kein Wunda, dattse Musche zu se

52

sagen!"

„Also, den Seger, den sollte man de Klötn…"

„Inge, gezz is abba gut!"

„Na is doch waah, Mann!"

„Kein Wunda, bei de Tülle als Mutta, da kann ja nix bei rumkomm."

Klar, die Mutter hatte Schuld! Hatte auf das Kind nicht aufgepasst, ließ es rumlaufen wie eine Bordsteinschwalbe!

Alles nur wegen lackierter Fingernägel!

So wurde in unserer Straße geschnäbbelt; als dann ein paar Tage später tatsächlich ein Peterwagen zwischen unseren Häusern stand, wussten wir, dass irgendetwas an der Sache dran sein musste.

Als wir beide erwachsen genug waren, um uns über unsere Vergangenheit zu unterhalten, ich sie zufällig in der Stadt getroffen hatte, haben wir zusammen einen Kaffee getrunken, und Roswitha erzählte.

Ja, ihr Patenonkel Werner war bei einer Familienfeier - natürlich besoffen - zudringlich geworden und hat ihr an den Busen gegrabscht. Erst hat sie ihn lachend weg geschubst, dann wurde er jedoch immer dreister. Schließlich hat sie ihm eine geklebt und angezischt, er solle seine Dreckspfoten von ihr lassen. „Warte ab, du Tussi du, dat wa noch nich allet!" hatte er gedroht. Ohne ihren Eltern etwas von dem Vorfall zu erzählen, ist sie zur Polizei gegangen und hat Anzeige erstattet. Was daraus geworden ist, könne sie nicht sagen; ihren Onkel habe sie nie wieder gesehen.

Und ja, die tollen Klamotten habe sie in dem

Modehaus, in dem sie ihre Lehre absolviert hatte, zum Einkaufspreis kaufen können. Auch heute würde sie sich gern schick machen anstatt in alten Klüngeln rum zulaufen, vielleicht wollte sie damals auch den Jungs imponieren. Aber nach dem Vorfall mit ihrem Onkel seien Männer für sie gestorben gewesen. Ob mir nicht aufgefallen wäre, dass sie die Lümmel am langen Arm hätte verhungern lassen können? Wenn einer von ihnen mehr wollte als nur einen Milchshake mit ihr trinken, kriegte er einen vor den Latz. Als dann alle wussten, wie Roswitha tickte, ließen sie sie in Ruhe und einige von ihnen wurden ihre besten Kumpel.

Als ich davon erzählte, dass ich sie manchmal von der Fensterbank aus beobachtet hatte, grinste sie: „Da hasse wohl gedacht, wo kommt die denn wech, so spät fast inne Nacht?" Sie sei abends immer recht spät nach Hause gekommen, weil sie nach der Arbeit noch aufs Abendgymnasium gegangen sei, um ihr Abitur zu machen. Nach einer Umstrukturierung des Kaufhauses konnte sie ihre Stelle behalten und hat berufsbegleitend ein Studium an der Mediadesign Hochschule in Düsseldorf im Bereich Mode absolviert. Jetzt sitzt sie in der Chefetage des Kaufhauses und ist für den Einkauf zuständig.

Ich schaute sie ungläubig an; die schärfste Schnalle in unserer Straße, von der alle - außer mir natürlich! - glaubten, dass sie mit jedem ins Bett springen würde, war eine solide, erfolgreiche Geschäftsfrau geworden.

Als ich ihr erzählte, welches Remmidemmi damals

um ihre Person gemacht worden ist, meinte sie nur: „Ja glaubse, dat habbich nich gemerkt? Wat mainze wohl wadatt fürn Halligalli bei uns zu Hause wa?"

Natürlich haben ihre Eltern und die ganze Nachbarschaft später mitbekommen, was mit ihr und dem Onkel abgelaufen ist. Die einen wollten den Schmierlapp gleich umnieten, Mama Elli wollte Roswitha in einen Bau für schwererziehbare Mädchen stecken. Wochenlang war der Vorfall Gesprächsthema in der Straße. Irgendwann hatte Roswitha dann wohl die Schnauze voll und ist bei ihren Eltern ausgezogen.

Nachdem ich mich traute, ihr zu sagen, wie verliebt ich als Junge in sie gewesen sei, und sie eigentlich auch heute noch toll fände, lächelte sie ein wenig bekümmert und strich mir leicht mit den Fingerspitzen über die Wange: „Ach, Pitter, lass ma stecken. Bei mir läuft da nix mehr!"

Ich verstand, bemerkte aber einen Schatten von Wehmut um ihre atemberaubend schönen Augen.

Alfred Kaszchinski sain kurzet Lebn

Es war an einem Mittwoch; wie ein Lauffeuer ging die Nachricht durch unser Viertel: auf dem Pütt war ein Unfall passiert! Auch aus unserer Straße soll jemand unter den Verunglückten sein. In der Frühschicht muss es sich abgespielt haben; sofort wurde überlegt, wer zu welcher Schicht eingefahren ist. Die Gerüchteküche brodelte!
Dann kam die Nachricht übers Radio: beim Schießen für den Strebausbau hatten sich Stempel gelöst und Hangendes war abgegangen, drei Bergleute sind verschüttet worden, einer konnte lebend geborgen werden, die beiden anderen nur noch tot. Einer von ihnen war Alfred.
Alfred stammte aus einer alten Bergmannsfamilie; Opa war auf dem Pütt, Vater auch. Für ihn kam nichts anderes in Frage.
Nach der Volksschule ging´s gleich auf Zeche; durch die Familientradition kannte er sich schnell unter Tage aus und wusste, was zu tun ist. Er war gerade Zwanzig, da hatte er schon den Hauerschein in der Tasche.
Alfred konnte ranklotzen; er hatte immer ein überdurchschnittliches Gedinge. War er mit seinen Kumpeln in der Kneipe, hielt er seine Kohle

zusammen, zockte nicht. Er sparte nämlich auf ein Moped.

Einige seiner Freunde besaßen schon eine Hercules oder Kreidler; er tuckerte noch mit seiner uralten NSU-Quickly zur Schicht. Außerdem gehörte er zu der Bande der Halbstarken in unserer Straße; da konnte nicht jeder mitmachen. Da musstest du die richtigen Klamotten tragen, die richtige Musik hören, die richtige Frisur aufweisen und so weiter, und du musstest eben ein ordentliches Moped haben.

Das alles kostete richtig Penge; die neumodischen Lederjacken waren teuer, Blue-Jeans oder günstigere Nietenhosen konnte Alfred sich noch so eben leisten, aber die Cowboystiefel, die zu der Kluft gehörten, waren da schon eine andere Hausnummer. Und dann eben die Kreidler Florett, die er unbedingt haben wollte!

Natürlich war auch die Frisur ein Markenzeichen! Alfred trug seine schwarzen Haare mit einer kleinen Tolle, nicht ganz so scharf wie bei James Dean, aber schon ein Hingucker, und natürlich den Entenarsch; damit auch alles hielt, kam ordentlich Brisk in die Matte. Die Koteletten mussten mindestens bis unters Ohrläppchen reichen.

Und da sein Name überhaupt nicht zu seinem Outfit passte, ließ er sich „Ted" nennen – wohl auch deswegen, weil er Ted Herold besser fand als Peter Kraus.

Irgendwann sahen wir ihn dann endlich auf einer roten Kreidler Florett. Er und die Clique düsten durch die Gegend, fuhren zum Schwimmen an den Kanal oder trafen sich beim ollen Zappe an der Bude. Das kam nicht immer gut an; vor allem Zappes Stammgäste, die Rentner und Schrebergartenleute, knötterten rum: „Hömma, Hebbert, da musse ma wat machn mitte Bagasche; dat Geknatter unde Negermusik, da krisse ja en Rappel!"

Die haben aber auch manchmal auf die Kacke gehauen! Wildes Slalomfahren mit ihren Mopeds um Bierflaschen, volles Rohr AFN mit Tommy Dorsey aus dem Kofferradio und Rumgemotze. Besonders auf den Paluch hatten sie es abgesehen, vor allem René. „Ey, du blöden Knallkopp, heute wa doch Lohntach! Hass doch sicha ne dicke Patte, wa? Wie is denn mitten Taler fürn bissken wat zum Schickern?"

Paluch hatte Angst vor René und René wusste das.

Wie der sich vor dem mickrigen Typ aufbaute, blieb Paluch nichts anderes übrig, als mal einen Heiamann oder auch mehr springen zu lassen. Jedes Mal Riesenknatsch!

Die Alten: „Kehr, ihr Pannasköppe, dampft ab; ihr habt ja nich alle Latten am Zaun!"

Die Jungen: „Nu mach ma kein Hallas! Ihr seid doch schon am Abnippeln!"

Meist blieb es bei dem gegenseitigen Gemotze; wenn René allerdings dabei war und schlechte Laune hatte, gab´s auch schon mal auf die Schnauze.

Ted versuchte, sich aus dem Stunk heraus zu halten; er kannte ja noch einige der Alten von unter Tage und machte sich lieber an die Mädels ran. Roswitha

Janek hatte er sich als seine Perle ausgeguckt. Manchmal kaufte er ihr eine BRAVO, lud sie ins Kino oder in die Eisdiele ein. Da verliefen die Gespräche allerdings etwas schleppend; während sie sich für Mode und Make-up interessierte, stand Ted mehr auf Rock`n Roll und Kino.

Als es einmal hieß: „Ey, wat is mitten Rutsch nach Wanne, is doch Kirmes!", da konnte Ted Roswitha überreden mitzufahren. Die Bande schlörrte über die Kirmes, und als Ted mit ihr an einer Schießbude vorbei kam, in der auch noch Drafi Deutscher trällerte „Teeny, ich schieß dir eine Rose", da wollte er es wissen. Er schoss ihr zwar keine Rose, sondern einen rosa Riesenteddy und lud sie auf eine Fahrt mit der „Raupe" ein. Die „Raupe" hatte ein Faltdach, das sich gegen Ende der Fahrt über den Leuten schloss. Das war der Augenblick, auf den Ted gewartet hatte! Wenn er sie denn richtig anbaggern wollte, dann nur unter der muffigen Plane.

Was dann genau passiert war, da blickte keiner durch.

Seine Kumpel, die wussten, wie scharf Ted auf Roswitha war, flachsten: „Na, Teddy, hasse de Tussi nu endlich flachgelecht?" Alfred grinste nur etwas verlegen und ließ nichts raus.

Von nun an sah man Ted nur noch selten in seiner Clique.

Es machte die Runde, dass er sich zu mehreren Weiterbildungsangeboten auf Zeche angemeldet hat. Er arbeitete ja schon länger als Schießhauer und wollte jetzt den Grundlehrgang belegen, um

Schießmeister zu werden. Seine Schüsse saßen jetzt schon immer so pikobello, dass der Meister nie meckern musste. Außerdem wollte er sich für den Bereich Tiefbohrtechnik weiter schlau machen; wenn seine Kumpel über seinen Eifer lästerten, hörte man bloß: „Watte ma ab, ich werd noch dein Fahrsteiger!" Alfred machte Verbesserungsvorschläge bei der Montage der Einschienen-Hängebahn und konnte so manche Prämie einfahren.

Als man ihn aus dem Bruch geborgen hatte, war der Entenarsch in dem blutigen Brei, der einmal Alfreds Kopf gewesen ist, nicht mehr zu erkennen.
Bei der Beerdigung waren alle aus unserer Straße dabei, auch seine Radaubrüder. Sein Schichtältester lobte Alfred in den höchsten Tönen, womit er auch recht hatte. Zum ersten Mal hörte ich damals den Spruch „Er ist farblos geworden"; mein Vater erklärte mir später beim Butterkuchen in der Kneipe, in der immer nach Beerdigungen eingekehrt wurde, dass damit der Tod eines Bergmanns gemeint war. Das hatte wohl mit irgendeinem Aberglauben zu tun.
Teds Kumpel von der Moped-Gang hatten ordentliche Klamotten an und benahmen sich so ganz anders als sonst. Nur als der Bergmannchor das Steigerlied anstimmte, stieß einer einem anderen mit dem Ellbogen in die Rippen und meinte: „ Mainze nich, dass Teddy lieba Elvis gehört hätte…?"

Die Currywurst und ich

„Der Himmel über dem Ruhrgebiet muss wieder blau werden!"
So lautete eine Forderung von Willy Brandt aus dem Jahr 1961. Damals verstand ich nicht, was er damit meinte. Was sollte das? Wieder blau werden? Für uns war der Himmel so wie er war – mal grau, dann fiel Regen, der in schmierigen Schlieren von den Fensterscheiben lief, mal sonnig, dann staubte es und wir bekamen einen Sonnenbrand. Die Trauerränder unter den Fingernägeln, alles, was draußen angefasst wurde, war dreckig. Wir kannten es nicht anders!
Wenn ich heute beim Duschen meine Knie mit den schwarzen Narben betrachte, erinnere ich mich an unseren Asche-Bolzplatz.
Mein Vater arbeitete damals im Bergbau. Und so viel ich damals mitbekommen habe, sollte mit der Kohleförderung Schluss sein, weil der Rauch der Schornsteine die Luft versaute. Wir kannten keine andere Luft!
Wir lebten in einer mittelgroßen Stadt am nördlichen Rand des Ruhrgebiets. Das Haus war ein hoher, grauer Kasten mit drei Mietparteien; im Erdgeschoss wohnte mein Freund Jupp mit seiner Familie,, wir bewohnten die mittlere Etage und meine Oma mütterlicherseits lebte ganz oben. Ein paar Meter vom Haus entfernt gab es fest gemauerte Schuppen. In unserem hab es einen abgetrennten Bereich, in dem die Deputatkohle lagerte; Deputatkohle

bekamen alle Kumpel, die auf dem Pütt arbeiteten. Im verbliebenen Rest standen unsere Fahrräder, die Kartoffelkiste und drei Ställe für meine Kaninchen. Hinter dem Schuppen schloss sich unser Garten an; außer ein paar Blumenbeete gab es vornehmlich Stachelbeersträucher und Johannisbeeren – schwarz und rot. Die roten waren für den Pudding oder die Grütze, die schwarzen für den „Aufgesetzten" - ein Fruchtschnaps aus Doppelkorn. Dann hatten wir noch Beete für Möhren und Kohlrabi, Salate und ein Rankgitter für Kletterbohnen. Mein Vater hatte ein kleines, ovales Stück Garten abgetrennt, mit einer niedrigen Hecke umpflanzt und eine Gartenbank aufgestellt.

Da saßen jetzt seine Kumpel, jeder eine Flasche Bier in der Hand, rauchten HB und schimpften sich in Rage: „Dat könnse doch mit uns nich machn!!" „Undann aunoch de Sozis!" „Da geht dat Revier dochen Bach runna!" „Da malochse un malochse, undann sowatt." „Watt sach denn unsa Vertrauensmann?"

Ich saß dabei und sah erwachsene Männer, die Angst hatten – Angst um ihren Arbeitsplatz auf dem „Scheiß Pütt", wie sie immer fluchten. Einer hatte Staublunge, meinem Vater fehlten zwei Fingerglieder, weil er mit der Hand zwischen zwei Loren geraten war. Als es dann dunkel wurde, und ich ins Bett sollte, saßen sie immer noch da; die Kiste Bier war bald leer, einer hatte eine Flasche Schnaps besorgt, ein anderer hatte seine NSU-Quickly in den Garten geschoben und das Licht eingeschaltet. Am nächsten Tag war Vater übel drauf, weil er zu wenig geschlafen und einen dicken Kopf hatte – mehr hatten sie mit der Pichelei nicht erreicht!

„Abba Morgn, dann…!“ Keiner wusste, was dann. Wenn wir an einem Wochenende meine andere Oma in Essen-Katernberg besuchten, ging die ganze Chose von vorne los; der Bruder meines Vaters ging ebenfalls auf den Pütt, Zeche „Zollverein“, und auch dort war von Schließung die Rede. Auch hier wurde viel gequasselt, aber nicht so viel getrunken; mein Vater musste noch unseren DKW Junior fahren. Aber ein Gutes hatte der Besuch doch: Oma Katernberg meinte jedes Mal, wie dünn wir wären, ob wir auch genug zu essen bekämen und so weiter. Dann gab es Sachen, die es bei uns nur ganz selten gab: Brathähnchen, Sülze, Rouladen. Jede Menge Fleisch mit dicker, brauner Soße. Und dann zum Schluss Buttercremetorte oder Bienenstich. „Na, ihr Ströppkens, nu haut ma rein!“ Außerdem spendierte sie Limo oder Cola; mein Onkel trank Cola immer mit einem ordentlichen Schuss Korn. Das merkte man dann auch später!

Nicht Willy Brandt, sondern andere machten dann Ernst. Das große Zechensterben begann, aber es dauerte noch bis 1980, als Schacht 7 der Zeche General Blumenthal, Vaters Pütt, geschlossen wurde.

     Mit sechzehn oder siebzehn Jahren gab es dann das Ereignis, das mich immer wieder einholen sollte – meine erste Begegnung mit der Currywurst! Am Wochenende pöhlten wir regelmäßig; an einem Samstagnachmittag beschlossen wir nach dem Spiel, noch ein Alsterwasser zu süppeln. Während wir da saßen, kam irgendjemand auf die Idee: „Inner Nähe hat ne neue Pommesbude aufgemacht; solln wa hin?" Klar, sollten wir hin. In einer miesen Ecke unseres Stadtteils entdeckten wir sie: in einem ehemaligen Schreibwarenladen, die Schaufenster hatte der neue Besitzer so gelassen wie sie waren, im Neonlicht flackerte die typische Reklame mit Wurst und Pommes rot-weiß. Eine Pappe im Fenster wies mit ungelenken Buchstaben auf die Neueröffnung hin. Von Innen sah alles schon ziemlich angegammelt aus; unter einem blinden Glasbehälter die obligatorischen Frikadellen, in einem Regal diverse Flachmänner und eine kleine Zapfanlage. Von wegen Neueröffnung!

Uns wehte der Geruch von nicht mehr ganz frischem Frittenfett entgegen; auch der Typ hinter der Theke sah nicht besonders appetitlich aus, fleckige Schürze, Kippe im Mundwinkel. Aber egal – nur waren wir da! „Vier Mal Curry mit Pommes ohne Mayo!" „Normal oda schaaf?" „Na, wenn schon, schaaf!" Wir beobachteten ihn, wie er unsere Würste vom Rost holte, sie mit einer zweizinkigen Gabel festhielt, mit einem Messer in mundgerechte Stücke zerteilte; dann kam eine kleine Kelle roter Soße über das Ganze. „Is die auch selbstgemacht?" „Ja watt denks du denn?!" Zum Schluss aus einem verbeulten Streuer Currypulver und eine ordentliche Prise Chili. Die Pommes brodelten in dem heißen Fett der Fritteuse, wurden anschließend in eine Plastikschüssel gekippt und in einem undefinierbaren Gewürz gewendet. „Mach ma Wuast un Pommes auf zwei Pappen!" „Un sonst noch watt?" „Jau, noch vier Stößkes!"

Das mit den Pommes und dem Fett hat irgendwie nicht hingehauen, die kleineren Stücke knochentrocken, die großen weiß und pappig. Das Gewürz machte die ganze Sache auch nicht besser.

Dann aber die Wurst – der Darm hauchdünn, knusprig gebräunt, ein Hauch von Majoran und Piment; die Soße aus Paprika, Tomaten, Zwiebeln, Knoblauch, Sellerie, natürlich Curry und ein wenig Zucker. Wie der das hin bekommen hat?! Sogar beim Essen lief uns noch das Wasser im Mund zusammen. Jemand sagte andächtig: „So muss dat sein, wenn dirn Engelken auffe Zunge pinkelt...!"

Die Currywurst war für mich geboren!

Dann kamen die 68er!

Wir blockierten Straßenbahnschienen, lieferten uns wilde Hetzjagden mit den Reiterstaffeln der Polizei, zogen natürlich den Kürzeren und halfen den italienischen und türkischen Gastarbeiterkindern bei den Hausarbeiten. Die Haare wurden länger, wir wussten, wo man gutes Haschisch kaufen konnte, und ich schmiss das alt-ehrwürdige, humanistische Gymnasium, um irgendwas „Soziales" zu machen – sehr zum Leidwesen meiner Oma und Mutter, die doch aus dem Jungen einen Priester machen wollten. Nach einem schnell nachgemachten Fachabi an einer anderen Schule erhielt ich einen Studienplatz in Dortmund, Fachbereich Sozialpädagogik /

Sozialarbeit – genau das Richtige für mich!

Dortmund war keine Studentenstadt, sondern Arbeiterstadt mit dem Hochofen Hoesch und der Union-Brauerei. Gasometer waren schon von weitem zu sehen. Von unserem Wohnheim konnten wir zwei Abendrots bestaunen: eine fahle Sonne im Westen, die blutig-roten Lichter von Hoesch im Osten und dazwischen das „U" der Union-Brauerei auf der Westfalenhalle. Wir hörten Jimi Hendrix und Eric Burdon, das Studium ging locker von der Hand, und wir waren öfter im Stadtteil bei den Ausländerkindern als im Hörsaal. Es gab Sex mit Mädchen, die einfach nur scharf aufs Vögeln waren und nicht gleich von Liebe schwafelten. Trotz der Beulen und blauen Flecke, die wir uns regelmäßig bei den Demos von der Polizei holten, und obwohl wir immer klamm waren, war die Welt prickelnd-leicht und chaotisch-bunt.

Dortmund war Stahl, Kohle und Bier, roch nach Malz, Schwefel, Ruß und Staub; und an tausend Ecken lag der Geruch von Currywurst in der Luft!

Wir hatten bald raus, wo die meisten Kioske und Pommesbuden zu finden und die Auswahlmöglichkeiten entsprechend groß waren – Hauptbahnhof und Steinplatz. Dort war es noch verlotterter und schäbiger als bei uns zu Hause. Trotzdem testeten wir uns durch die Wurstangebote und hatten bald unseren Stammplatz ausgemacht. Die Wurst hatte nicht die ganz große Klasse wie erhofft, dafür gab es drei verschiedene Soßen zur Auswahl. Da schlemmten wir mit den Nutten aus

der Linienstraße, tranken Bier im „Nordpol" bis wir rausgeschmissen wurden. Anschließend ging es zum Großmarkt, wo wir uns beim Kistenabladen ein paar Mark verdienen konnten, tranken kannenweise Kaffee, damit wir wieder nüchtern wurden und um im Morgenseminar nicht gleich einzuschlafen.
Unsere Rülpser schmeckten noch lange nach Currywurst.
Während der Sommersemesterferien wollte ich mir etwas Geld verdienen und erhielt eine Aushilfsstelle in einem Kinderheim an der Westküste Schleswig-Holsteins. Bevor ich die Stelle antreten sollte, wollte ich mir Gegend und Arbeitsplatz anschauen. Die Zugfahrt von Dortmund nach Hamburg verlief zügig, man konnte noch im Zugabteil rauchen; doch dann von Hamburg durch Schleswig-Holstein! Alles platt, ein paar Bauernhöfe, der Blick konnte sich nirgendwo festhalten. Gefühlt dauerte die Fahrt für die hundertfünfzig Kilometer genauso lang wie die Strecke von Dortmund nach Hamburg. Es war ein nieseliger, grauer Tag, und es war Rosenmontag. Normalerweise feierten wir diesen Tag bei Paul, unserem Stammwirt, mit Knobeln, Frikadellen, Pils und Hard-Rock. Jetzt stand ich im trüben Dämmerlicht mit meinem knöchellangen Ledermantel auf dem menschenleeren Bahnsteig und wusste nicht wohin. Zum Glück saß ein verschlafener Bahnbeamter am Fahrkartenschalter und konnte mir den Weg beschreiben. Nachdem ich das Kinderheim, meine Unterkunft inspiziert hatte - von den Kindertanten argwöhnisch wegen meines

Aussehens beäugt -, sagte ich: „Ich geh dann noch mal..." Mittlerweile war es zappenduster; trotz äußerst spärlicher Straßenbeleuchtung fand ich so etwas wie einen Ortskern. Niemand auf der Straße, Geschäfte schon alle geschlossen; die Restaurants, die augenscheinlich noch geöffnet hatten, sahen altbacken und bieder aus. Dann sah ich eine bunt beleuchtete Kneipe – da musste doch was los sein! Ohne zu zögern ging ich hinein. Drinnen hingen Luftballons, Girlanden und Luftschlangen von den Lampen; klar, es war ja Karneval! Eine Musikbox trällerte deutsche Schlager, und der Kneipenwirt stand – ein „lustiges" Narrenhütchen auf den blonden Haaren – auffallend gelangweilt an der Zapfsäule; immerhin – es gab einen Tresen! Mit einem Blick durch die Kneipe stellte ich fest, dass ich der einzige Gast war.

Wohl erstaunt und überrascht über meinen Besuch winkte er mich zu sich. „Moin, was solls denn sein?" „Wat hasse denn fürn Bier?" „Na, Astra, natürlich!" Die Plörre schmeckte fade und war nicht kalt genug. Egal! Wir gaben uns gegenseitig ein paar Gläser aus, quatschten belangloses Zeug bis ich ihn fragte, ob ich denn bei ihm noch etwas zu essen bekommen könnte. „Klar, was möchtest du denn?" „Hasse vielleicht ne Currywurst?" „Mach ich dir, kein Problem."

Er verschwand in einem Kabuff hinter dem Tresen, ich hörte ihn mit Pfannen und Geschirr hantieren und bald zog Bratgeruch aus der Küche. Dann erschien er mit einem Teller, auf dem eine Wurst mit einem kleinen Brötchen lag. Die arme Wurst! Nur an zwei Seiten spärlich gebräunt, lang und dünn statt leicht gekrümmt und prall, ein paar Einschnitte in die Haut sollten die mundgerechten Happen ersetzen, darüber eine grellrote Soße. „Hasse die selbst gemacht?" fragte ich und deutete auf die Soße. „Neee, das ist doch unser Curry-Ketchup aus der Flasche, schmeckt aber gut, ne?"

Ich habe nie wieder ein solch bedauernswertes Würstchen gesehen, geschweige denn gegessen. Der Wurstdarm schien aus Leder zu bestehen, das Brät war von der kranken Blässe eines Schwindsüchtigen und schmeckte so wie ein Pups riecht! Über die so genannte Soße – üblicherweise das Sahnehäubchen einer guten Currywurst – wollte ich mich nicht weiter auslassen. Also nickte ich nur, aß tapfer diese Armseligkeit auf, gab uns noch einen Schnaps aus und verließ ziemlich deprimiert den Laden. Ich schwor mir, in Schleswig-Holstein nie wieder eine Currywurst zu essen. Das Versprechen habe ich bis heute gehalten. Und hier sollte ich also für ein paar Wochen leben?!

Dass ich hier einmal meinen Lebensmittelpunkt haben sollte, ahnte ich damals noch nicht; denn nach einigen Jahren im Pott war ich wieder dort, hatte einen guten Job, begegnete meiner zukünftigen Frau und lernte Land und Leute schätzen. Natürlich war es nicht immer düster und neblig; im Frühjahr und Herbst zogen die Nordwest-Stürme über die flache Landschaft und fegten den Himmel blank; dann saß man bei Grog oder Pharisäer und klönte. Das Meer war kühl, der Blick weit. Im Sommer strömten die Badegäste in den Ort, der dadurch zu einer kleinen Stadt anwuchs. Der Charme der Viertausend-Seelen-Gemeinde stand auf der Kippe, man beklagte sich über die langen Schlangen beim Einkauf und freute sich auf den November, wenn der Trupp der Touristen wieder abgerückt war.

Irgendwann bin ich auf der Durchreise zu einem Termin wieder im Ruhrpott gewesen und machte erwartungsvoll einen Abstecher zu den Plätzen meiner Kindheit und Jugend. Natürlich erinnerte nichts an damals! Wie auch! Unser Haus hatte jetzt einem Klotz von Neubau mit Tattoo-Studio und Bäckereikette Platz machen müssen, auf dem Bolzplatz stand ein Altenheim. Die Situation war für mich wie ein Synonym für den nur mäßig gelungenen Strukturwandel – früher tobten hier die Kinder, jetzt siechen die Alten vor sich hin. Unsere Pommesbude gab es ebenfalls nicht mehr; der ganze Straßenzug war abgerissen worden.

Auch in Dortmund sah es nicht anders aus, der Steinplatz nicht wieder zu erkennen. Kein „Nordpol" mehr, wurde, wie man mir sagte, 1988 abgerissen, alles blitzblank saniert. Der Sky-Walk über Dortmunds Industriefassade; der übliche, museale Blick in die Vergangenheit.

Die pralle Sinnlichkeit der Stadt und der Menschen, die wir damals verspürten, hatte sich nicht konservieren lassen. Besonders ein Merkmal fehlte: es gab den typischen Geruch der Stadt nicht mehr. Kein Ruß, kein Schwefel, auch kein Malz mehr! Und

es roch nicht mehr nach Currywurst! Eine Bratküche konnte ich in Bahnhofsnähe ausmachen – steril gekachelt, glitzernde Vitrinen mit diversen Getränken, mit einem dröhnenden Dunstabzug, der jeden Geruch nahm. Trotz der mir bekannten Umgebung, die Erinnerungen hochkommen ließ und mich neugierig machte, vermisste ich neben den vertrauten Ausdünstungen den Moment, von dem ich irrigerweise hoffte, dass er sich einstellen würde: das alte Gefühl von überschäumender Lebenslust, unbekümmert sein und Freude an der Welt!
Was sich einstellte, war eine wehmütige Enttäuschung; die Wurst schmeckte plötzlich nicht mehr. Aber der Himmel über der Ruhr war wieder blau!
In Berlin, an einer herunter gekommenen Bruchbude von Grillstation, aß ich eine Currywurst, die „meiner" ganz nah kam; trotzdem war es anders. Es fehlten die Zutaten – das Gemansche der Gerüche, die kumpeligen Menschen, der rotzig-derbe Tonfall - das gab es damals wohl nur im Pott!
Wieder im Norden – es ist Sommer! Der Ort quillt über von Touristen, 25° im Schatten, blauer Himmel. Diejenigen, die nicht am Strand sind, flanieren durch die Einkaufs- und Fressmeile. Und wenn ich dann aus dem Durcheinander der verschiedensten Mundarten plötzlich Gesprächsfetzen höre wie „Ey, kumma den Dämlack da, läuft rum wie Graf Koks vonne Gasanstalt!" Oder: „Ewwin, nu hasse aba genuch rumgejöckelt; komm gezz, wir müssn noch nach Aldi!", dann kommt mir bei diesem bekannten

Tonfall der Gedanke: „Mensch, gezz sonne richtich schön schaafe...wie damals auffem Steinplatz unne Pulle Union...“

Jupp, der über´n Zaun gesprungen ist

Irgendwann kam die Zeit, da einige meiner Kaninchen geschlachtet wurden – bis auf Hansi. Hansi war ein Kaninchenbock, der Hand zahm war und auf einen Pfiff hörte. Er war so drollig, dass ihn auch mein Vater am Leben lassen musste. Er lief frei in unserem Garten herum, und wenn der weiße Spitz von Janeks draußen zum „Gassi gehen“ war, Hansi entdeckte und auf ihn losstürmte, blieb der ganz gelassen, wartete ab bis der Köter nah genug herangekommen war, sprang mit einem Satz in die

Höhe und versetzte ihm mit den Hinterläufen eine solide Backpfeife. Das passierte drei oder vier Mal, dann ließ der Spitz ihn in Ruhe. Wie gesagt – Hansi starb dann eines natürlichen Todes.

Mein Vater brachte es nicht übers Herz, meine Kaninchen zu schlachten; das erledigte dann der Vater von Jupp. Er und seine Familie lebten im Parterre unseres Hauses. Ich konnte nie zusehen, wenn er sich die Tiere aus dem Stall holte, die dran glauben mussten, sie an den Hinterläufen packte, abwartete, bis sie aufhörten zu zappeln, und sie dann mit einem Handkantenschlag ins Genick zur Strecke brachte. So hat es mir jedenfalls Jupp erzählt. Wenn dann das Fell abgezogen und die Innereien entfernt wurden, war ich wieder dabei; komischerweise machte mir dieses blutige Verfahren nichts aus.

Jupps Familie bekam üblicherweise für diese Arbeit einen Stallhasen geschenkt.

Wenn dann an einem Sonntag der Kaninchenbraten auf dem Tisch stand, habe ich nie davon gegessen. Ich sah die putzigen Fellknäuel noch immer vor mir.

Jupp war eigentlich kein richtiger Freund; wir wohnten zwar zusammen in einem Haus, er war so alt wie ich, wir gingen in die gleiche Volksschulklasse, aber irgendwie stimmte es zwischen uns nicht so wie bei den anderen Gleichaltrigen aus unserer Straße. Wir organisierten zwar die Kinderschützenfeste, gingen auch manchmal zusammen schwimmen, doch sonst blieb er eben nur Nachbarsjunge. Vielleicht lag es auch an

73

seiner verkrüppelten Hand; der Daumen war irgendwie merkwürdig verbogen und hatte nur den Ansatz eines Nagels. Es war die linke Hand, die er deswegen auch immer auf eine skurrile Art und Weise versteckt hielt. Vielleicht war es dieses „Anderssein"?!

Als ich auf das Gymnasium wechselte, ging Jupp auf die Maristenschule, um einen Realschulabschluss zu machen. Von da ab sahen wir uns nur noch selten. Er war nicht blöd, musste aber doch wohl ordentlich ackern. Wenn wir mal was unternehmen wollten, hieß es häufig: „Kein Zeit! Muss für scheiß Mathe und Physik pauken!" Ich glaube auch, dass ihm die besondere religiöse Ausrichtung der Schule auf den Geist ging; wenn er denn mal aus dem Unterricht etwas ausplauderte, hörte ich immer einen genervten Unterton.

Allmählich bemerkte ich auch eine Veränderung an ihm; er wurde schweigsamer, insgesamt stiller und nicht mehr so spontan; wir Junge in diesem Alter waren ganz anders drauf. Hieß es mal: „Ey, lass uns ma wieda richtich pöhlen gehn!" oder: „Kommse mit, bei de Mädken inne Umkleide spinksen?", dann kam oft ein „Ach, ich weiß nich?! oder „Eigentlich keine Lust". Er zog sich immer mehr zurück; früher hat er mich oft zum Campen mit seiner Familie eingeladen. Sie hatten einen Lloyd Alexander in Rot/Weiß mit Anhängerkupplung; in den kleinen Hänger kam das Steilwandzelt, die Campingmöbel, Schlafsäcke, Luftmatratzen und ein Feldbett für seine Mutter, die nicht auf einem so blöden

Gummiding schlafen wollte. Die Familie und ich zwängten sich dann in die Karre, und es ging entweder in den Sommerferien an die holländische Nordseeküste oder am Wochenende an den Baldeneysee. Seine Familie waren eingefleischte Camper, schon ein sehr besonderes Völkchen, aber es macht mir immer Spaß.

Doch auch diese Einladungen wurde nach und nach weniger bis sie ganz aufhörten. Als Kind fragt man nicht unbedingt nach den Hintergründen, sondern stellt einfach fest, dass sich in dem Verhältnis etwas verändert hat; dann orientiert man sich um.

Und Jupp war ja nie ein guter Freund!

Jetzt sahen wir uns vielleicht mal am Sonntag nach der Kirche; auch sein Aussehen hatte sich verändert. Während wir anderen auch sonntags in Jeans und Pullovern rumliefen, kam Jupp in gebügelten Hosen und weißem Hemd; bald sah man ihn nur noch mit seinem Markenzeichen – einem schwarzen Filzhut von Mayser. Uns fiel nur noch ein: „Hömma, is der gezz total bekloppt gewordn?" Mit sechzehn Jahren trug man höchstens ein Schlapphut wie Jimi Hendrix, aber doch nicht so ein spießiges Ding!

Außerdem umgab er sich mit - in unseren Augen – recht merkwürdigen Gestalten; später stellte sich heraus, dass sie alle viel älter als er waren und einer „Schlagenden Verbindung" angehörten. Ich hatte keine Ahnung von einem solchen Verein und fragte bei meinen Kumpeln nach. Da hörte ich schon manch Abstruses: sie soffen angeblich wie die Löcher, um sich dann irgendwelche Bierzipfel anzuhängen – war ja nicht schlimm! Saufen taten wir auch, nur ohne Zipfel. Dass keine Mädchen dabei waren, war schon eher ein Minuspunkt; das Härteste war wohl das Ding, dass sie sich wie im Mittelalter mit Säbeln, Degen oder wer weiß was die Fresse polierten. Und man war stolz darauf, eine ordentliche Narbe im Gesicht zu haben! Und auf solche Typen sollte Jupp stehen?

Ich habe dann versucht, über seine Mutter, die ich ab und an im Hausflur traf, mehr über Jupp heraus zu finden; er hatte den Realschulabschluss an der Maristenschule absolviert, und wollte sein Abi an einem Kolleg machen. Falls das klappen sollte, würde er zunächst zur Bundeswehr gehen, sich auf Zeit verpflichten. Vielleicht auch dort studieren!

Ich schüttelte nur mit dem Kopf – ich kannte Jupp nicht wieder!

Wir anderen überlegten, wie wir am besten dem „Bund" aus dem Weg gehen konnten, Schule war nicht soo wichtig, irgendwie würde das schon laufen?! Und mit weißen Hemden und gebügelten Hosen hatten wir schon gar nix am Hut!

Einige Jahre später lag in meinem Briefkasten eine Einladung zu einem Klassentreffen unserer Volksschulklasse; ich hatte zu den damaligen Mädchen und Jungen überhaupt keinen Kontakt mehr. So überlegte ich ernsthaft, ob ich überhaupt an diesem Treff teilnehmen sollte. Schlimmstenfalls würde ich nach einer halben Stunde die Kneipe verlassen und frustriert nach Hause fahren;

andererseits war ich aber auch schon neugierig, was mit den Leutchen im Laufe der Jahre so passiert ist. Da ich inzwischen nicht mehr in Dortmund lebte, war die Anreise durchaus ein Angang. Aber egal!

Wir trafen uns in einer Gaststätte in unserem Viertel; dort hatte sich nichts verändert, leicht angestaubt, einige Gäste am Tresen kannte ich noch. „Wat machs du denn hia?" „Inne Heimat isset doch am schönstn, wat?" Ich lächelte pflichtschuldig, plauschte ein paar Worte mit dem einen und anderen und ging dann in den hinteren Gastraum, den „Saal".

Es war schon ziemlich voll, man hatte eine Sektbar aufgebaut und den Raum mit Luftballons und Girlanden geschmückt; das war bestimmt die Idee des „Festkomitees" - bestehend aus Dagmar und Inge – gewesen. Die beiden Mädels habe ich sofort wieder erkannt. Die anderen Anwesenden waren für mich unbekannte Gesichter. Ich suchte aber insbesondere ein Gesicht – das von Jupp!

Schließlich entdeckte ich ihn, erkannte ihn aber nicht sofort. Das Erste, was mir auffiel, war sein Äußeres; alle anderen waren mehr oder weniger unauffällig angezogen. Einige Mädchen, die ja jetzt Frauen waren, waren modisch chic gekleidet, die Frisuren hatten sich geändert. Die Männer – je nach Beruf und Stellung – entweder in Jeans und Pullover, oder Sakko und Hemd. Wer dagegen sofort ins Auge fiel, war Jupp: piekfeiner Anzug, dazu das passende Hemd mit Krawatte, Schuhe, die so teuer aussahen als wären sie handgemacht. Die Haare topmodisch geschnitten und nach hinten gegeelt. Einige der

77

Kerle hatten Bärte oder einen Schnauzer – Jupp war tadellos glatt rasiert. Er trug jetzt eine große Goldrandbrille, die seine Augen unnatürlich vergrößerte. Und mir fiel sofort auf, dass er seine verkrüppelte, linke Hand mit einer unauffälligen Manschette kaschiert hatte. Ehrlich erfreut lief ich auf ihn zu: „Ey, Jupp, wie isset? Kehr, erzähl domma! Wir ham uns ja ne Ewichkeit nich gesehn!"
„Lass das doch einmal mit dem 'Jupp'! Man nennt mich Jo, bitte nicht dieses Hollywood-Dscho, sondern einfach Jo – du solltest dich damit vertraut machen!" Mir fiel die Kinnlade herunter, und ich war tatsächlich für ein paar Sekunden sprachlos. Wo war der Ruhri–Slang?! Jupp hörte sich wie mein Deutschlehrer in der Oberstufe an!!
„Ja, is ja gut, Jo. Werd mich dran gewöhnen; doch nu mach ma!"
Jupp erzählte: er hatte an dem Kolleg sein Abitur gemacht, und war anschließend für zwei Jahre zur Bundeswehr gegangen.
Er war irgendwo im Emsland stationiert, und zum ersten Mal nicht nur in den Ferien, sondern eben für lange Zeit weg von zu Hause. Da sei es ihm aufgegangen: „Weißt du, wie beschissn dat Lebn in unsere Straße gewesn is? Unsa Haus ne Bruchbude! Die scheiß Urlaube in dem scheiß Lloyd und dem stinkign Zelt", plötzlich war die Alltagssprache wieder da, „die moderneren Zechenhäuser nur vonne Itakers und Polacken bewohnt, überall Dönerbudn, keine Kneipe mehr ohne die braunn Fressn! Willze ne ehrliche deutsche Bratwurst

serviert bekommn, dann klatschn se dir son Kanakensalat mit drauf! Da macht sich wat breit, dat kannze dir heute noch gannich vorstelln!" Jetzt war sein Gesicht so wutverzerrt wie damals, als Werner ihn kurz vor dem Sechzehner gefoult hatte.

Doch das sei beim „Bund" alles ganz anders gewesen!

Dort haben ihn Kameradschaft, Disziplin und die strenge Hierarchie fasziniert. Sicher gab es dort auch junge Männer, die man eigentlich nicht als richtige „Deutsche" bezeichnen konnte – eben wie viele Jungs aus unserer Straße mit den eindeutigen Namensendungen oder die Gören der ersten Gastarbeiter. Doch die waren nie ernsthaft bei der Sache, rissen gelangweilt ihre Zeit ab, kamen für eine Offizierslaufbahn sowieso nicht in Frage und gingen als einfache Gefreite. Er habe da gelernt, wie man nach oben kommen könne. Dann sei er nach Bremen zum Studium gegangen, Betriebs- und Volkswirtschaft; doch das Studium habe ihm dort überhaupt nicht zugesagt. „Das war eine linke Kaderschmiede, das kannst du dir nicht vorstellen! Der reine Marxismus-Leninismus! Wenn ich Überlegungen nationalen Volkswirtschaftsmodellen vorgetragen habe, wurde ich ausgelacht!"

Zu seinem Glück habe er dann nach Münster wechseln können und dort auch frühere Freunde aus der Verbindung wieder getroffen. Durch die Mitgliedschaft bei der Burschenschaft hatte er eine Unterkunft und die Kameradschaft, die er schon bei der Bundeswehr so geschätzt hatte.

„Un wie is dat mitten Fechtn?"

„Das Pauken" - so wurde ich von ihm belehrt - „ist das Einüben von Tapferkeit durch Überwinden der eigenen Furcht. Das eigentliche Ziel ist, dass ein Zurückweichen als Niederlage empfunden und gewertet wird, nicht aber die erlittene Verletzung."

Ich war baff; ich hatte noch nie jemanden so reden hören. Das war für mich eine total fremde Welt!

Und nur durch die Burschenschaft, genauer die „Alten Herren" dort, habe er einen hoch dotierten Job in einer renommierten Kanzlei erhalten, der wie maßgeschneidert für sein Berufsprofil war.

„Un sons, wat machse sons noch so?" Ich wollte eigentlich mehr Privates von ihm erfahren, verheiratet oder Kinder oder so.

„Du weißt ja, dass bei uns an der Maristenschule großen Wert auf die religiöse Erziehung gelegt wurde; von zu Hause habe ich in der Beziehung nicht viel mit bekommen, und so musste ich mich an diese für mich neuen Sichtweisen gewöhnen. Ich bin nun keine tief religiöse Person geworden, aber wenn ich eins aus diesem Unterricht gelernt habe, dann die Erkenntnis, dass die Juden ganz spezielle Wesensmerkmale haben. Sieh dir die Geschichte dieser Menschen einmal an! Immer wieder findest du durch die ganze Historie den Juden als durchtriebenen Finanz- und Geschäftemacher. Auch heute sind sie immer noch in super wichtigen Positionen der internationalen Finanzmärkte. Ich könnte dir Namen nennen und weiß, wovon ich rede! Und sie betreiben mit entsprechend Geld eine

Lobbyarbeit, das kannst du dir nicht vorstellen!"

„Abba..."

„Da gibt es kein Aber – du ahnst nicht, wie sie die Fäden bis in die hohe Politik in der Hand haben. Deswegen war es für mich überhaupt keine Frage, mich politisch zu engagieren, dagegen zu steuern. Zu Hause war ich ja zunächst durch meine Kontakte zu den Korporierten in der NPD; doch da waren – wie du sagen würdest - nur „Prollköppe", überhaupt nicht mein Niveau!

Bremen konntest du sowieso vergessen, aber in Münster hatte ich die richtigen Leute kennen gelernt. Das waren vor allem die „Alten Herren" aus der Burschenschaft, die wussten, wie man Strippen zieht. Sie waren und sind von ehrlicher deutschnationaler Gesinnung, nicht parteipolitisch gebunden, sondern „hinter der Front" agierend. Da ist so mancher linker Professor, der sich nach Münster verirrt hatte, über die Klinge gesprungen!"

Nach diesem Sermon hat er wohl mein verblüfftes Gesicht gesehen. „Jaja, ich weiß von meiner Mutter, in welchen Kreisen du so verkehrst. Aber lass dir gesagt sein, eure Zeit ist abgelaufen! Bald weht hier an anderer Wind!"

Genüsslich schlürfte er an seinem Sektkelch.

In jedem anderen Fall hätte ich unheimlich Lust gehabt, über den Schrott, den er da abgelassen hat, zu diskutieren; doch bei Jupp fehlten mir die Worte!

Ein „Tja, Jo, dann machs ma gut!" war das Einzige, was mir noch einfiel, und ich ging kopfschüttelnd wieder nach vorn in die Pinte, wo ich mich zu den

Ollen an den Tresen stellte. „Bier unen Korn, aban Doppeltn!" Es blieb nicht bei dem einen Korn; ich quatschte mit meinen Nachbarn: „Na, auf welchm Platz is denn gezz Erkenschwick?", „Der Pütt hattoch zugemacht, wo bisse denn gezz auf Maloche?" Oder „Wat machden so dein Schätzken?" Alles unverfängliches Larifari, aber nach Jupps Gelaber so wohltuend gerade heraus und ehrlich.

Später bin ich dann noch mal nach hinten gegangen, um „Schüskes" in die Runde zu sagen; da stand Jupp an der Sektbar und redete mit großer Gestik und Mimik auf zwei, drei Leute ein. Die großen Augen hinter der Goldrandbrille blitzten und in den Mundwinkeln bildeten sich kleine Speichelbläschen. Ich habe Josef nie wieder gesehen!

Agamemnon

83

Es war Samstag und mein achtzehnter Geburtstag; die besten Voraussetzungen für eine ordentliche Sause waren gegeben.

Nachdem am Nachmittag das übliche Kaffeetrinken inklusive Apfelkuchen mit Eltern, Omma, Patentante und -onkel abgefeiert war, begann ich, die Vorbereitungen für die abendliche Fete zu treffen. Omma stellte freundlicher- weise ihre wenig benutzte „Gute Stube" zur Verfügung.

Es musste zunächst einiger Nippes entfernt werden, Tisch und Stühle wurden in eine Ecke geräumt, die biedermeierliche Deckenlampe gnädig mit einem poppigen Tuch verhängt und die unentbehrliche Musikanlage aus meinem Zimmer angeschlossen. Meine Eltern hatten eine Kiste Bier, zwei Flaschen Weißwein für die Mädels, O-Saft und Knabbereien spendiert. Ich hatte meinen Freundinnen und Freunden eingebläut, bloß keine Geschenke mitzubringen; stattdessen würden ein paar Häppchen und gute Schallplatten völlig ausreichend.

Als meine Eltern sich löblicherweise gegen Abend verabschiedeten, lieber ins Kino gehen wollten, als unseren Radau anzuhören, zog mein alter Herr mich in die Speisekammer. „Damit ihr auma wat für zwischndurch habt!" drückte er mir eine Flasche Moskovskaya in die Hand. „Aba stickum, von wen ihr den habt!" Es lief also alles bestens!

Gegen sieben Uhr trudelten sie alle so nach und nach ein – Lia, Carola, Petra und Michaela, Willi, Reini, John und Wenna. Der hielt einen auffällig-
84

unauffälligen zylindrischen Gegenstand in Zeitungspapier eingewickelt unter dem Arm, spinkste nach rechts und links, ob die Luft rein war, und puhlte aus dem Papier – eine Flasche Moskovskaya. Das konnte ja heiter werden!

Die Mädels spendierten Meterbrot und eine gewaltige Schüssel Eiersalat, von dem später noch die Rede sein wird. Willi steuerte drei Riesenpackungen Negerküsse bei, die im weiteren Verlauf der Geschichte nur noch Schaumküsse oder ähnlich genannt werden, und eine Mammutflasche Lambrusco bei. Die anderen drei Jungs trugen ein Paket von der Größe eines Umzugskartons ins Zimmer.

„Kehr, Leute! Ihr solltet doch nix mitbringn!"

„Lass ma steckn! Achtzehn wird man ja nur eimal!", so John auf seine altkluge Tour.

Sie stellten das Riesending vor mir ab. „So, numa los, pack aus!"

Unmengen von Packpapier musste entfernt werden. Das Knistern und Rascheln konnten nicht verhindern, dass ich Geräusche aus dem Paket wahrnahm. Das Scharren und Glucksen war schon sehr befremdlich. Ich schaute fragend in die Runde. „Nu mach endlich!", wurde ich ungeduldig aufgefordert.

Beim Aufklappen der Kartondeckel stieg mir ein stechender Geruch in die Nase, und schließlich sah ich ihn – einen ausgewachsenen Gockel mit listigen Knopfaugen!

„Wia dachtn, wenne schon nix habn willz, dann
85

kriesse wenigstens ne Übaraschung! Dat isn hochwertiga Newé Hampshire-Hahn. Die Rasse hattn freundliches un ruhiges Wesn. Un weil die so groß un schwer werdn, könnse schlecht fliegn. Da ham wa uns gedacht, wo der Pitter doch kein Hühnerstall hat, nehm wa so einen, der nich abhaun kann. Vorsichtshalba ham wa nochen Brustgeschirr besorcht; da kannze mitten Gockel rumlaufn!", so John belehrend. „Wir ham ihn übrigens Agamemnon genannt; du weiß schon, der ausse Illias von …"

„Ich weiß, wer die Illias geschriebn hat!", bölkte ich los und schaute in bestürzte Gesichter. „Seid ihr denn alle bescheuert? Wat soll ich mit son Gockel? Inne Pfanne haun oda wat?"

„Also, da hättn wa dir ja en Grillhähnchn vonne Pommesbude mitbringn könn. Nee, nee, wir ham – also vielmehr ich hab gedacht- mit achtzehn kann man schoma Verantwortung übernehm, un am besten übse mitten Tier!"
Fassungslos starrte ich John an. „Mann, du hasse doch wohl nich mehr alle!" Ich war so entgeistert, dass ich die ganze Bande am liebsten rausgeschmissen hätte.
Wenn da nicht die Mädels eingeschritten wären!

Sie beschwichtigten, entschärften, besänftigten, und nach und nach beruhigte sich die Lage. Und Wenna erfasste blitzschnell die angespannte Situation. „Na kommt, gezz erstma en Schnaps!" Die erste Flasche Wodka wurde geköpft. Während der ganzen, hitzigen Debatte saß der, um den es ging, in seiner Kiste, schüttelte ab und an sein rotbraunes Gefieder, ruckte mit dem Kopf mal nach rechts, mal nach links, als ob er der Diskussion folgen würde, und hielt den Schnabel.

„Un wieso überhaupt Agamemnon? Wer is so bekloppt und nenntn Hahn Agamemnon?"

Es folgten fragwürdige Erklärungen: Die griechische Mythologie beschreibe den Hahn als Symbol der Wachsamkeit, Kampflust und Kampfbereitschaft. Das würde ja wohl zu Agamemnon passen!

„Ich dachte, der da hatten freundliches Wesn? Und wat is mitten Spruch vonnem eitlen Gockel? Muss ich mir gezz dabei wat denkn?"

Unisono wurde skandiert, dass ich das jetzt nicht überinterpretieren sollte. In allen alten Kulturen stehe der Hahn als ein Bild des Lebens selber; schließlich begrüße er jeden Sonnenaufgang, als sei es der erste überhaupt. Also das lebensbejahende Symbol, das für mich als Leitbild für mein weiteres Leben stehen sollte. Das wiederum hielt ich nun für überinterpretiert!

So liefen die Diskussionen in unserer Runde gerne ab. Wir fetzten uns bis aufs Blut, kamen aber letztlich immer irgendwie zusammen.

Dass Homer in seiner „Illias" Agamemnon als arrogant und egoistisch beschrieben hatte, sollte ich später an „meinem" Agamemnon bemerken.

Als Reini endlich mit „Riders on the Storm" die Musik startete, war der Vogel fast vergessen.

Fast!

Denn als die „Doors" mit 120 Watt, Orgel und Gewittergrollen den Song begannen, tobte der Gockel unter Verlust einiger Federn aus seiner Kiste. „Ich denk, der kann nich fliegn?!"

Die Frage erübrigte sich, während wir zusahen, wie der Hahn unter heftigem Flattern Ommas Wohnzimmerschrank besetzte. Flusige Flaumfedern schwebten wie rostbraune Schneeflocken durchs Zimmer. Alles grölte vor Lachen; lediglich John guckte ein wenig bedröppelt aus der Wäsche. Mit steigendem Alkoholpegel – die zweite Flasche Wodka kam zum Einsatz – wuchs die Stimmung; es wurde ein bisschen getanzt und geschmust.

Gegen halb zehn machte man sich über die mitgebrachten Fressalien her. Willi aß Eiersalat, als hätte er vierzehn Tage hungern müssen, unterbrochen lediglich durch die Verköstigung etlicher Schokoküsse. Die Zwei-Liter-Flasche Lambrusco hatte er inzwischen bis auf ein Drittel alleine geleert. Die diversen Schnäpse zwischendurch führten dazu, dass seine Gestik etwas wirr wurde, die Gesichtsfarbe sich von Totenbleich zu einem leichten Hellgrün veränderte und die Mimik wie festgefroren wirkte. Urplötzlich weiteten sich seine Augen, heftige Schluckbewegungen waren zu erkennen, und dann kam, was kommen musste – nämlich der Eiersalat nebst den acht Schaumküssen.

Auch Agamemnon schien vierzehn Tage geschmachtet zu haben, denn er stürzte sich mit Heißhunger vom Schrank auf die Bescherung. Der unappetitliche Rest des Abends ging unter tumultartigen Szenen, völligem Chaos und hektischen Fluchtbewegungen aus unserer Wohnung zu Ende. Genaueres hat sich nicht mehr feststellen lassen.

Am nächsten Morgen – es muss so gegen sechs Uhr gewesen sein – tat Agamemnon das, was ein Hahn üblicherweise um diese Zeit tun muss: Er begrüßte den neuen Tag mit seinem kräftigen „Gesang"! Ich hätte ihn würgen mögen! Ommas „Gute Stube" sah aus wie ein Schlachtfeld, roch nach Hühnerscheiße, Kotze und kaltem Rauch.

Der Gockel saß immer noch auf dem Schrank, putzte sich die Federn und wollte gerade wieder zu einem markerschütternden „Kikeriki" ansetzen, als ich ihn anschnauzte, er solle bloß den Schnabel halten. Tatsächlich blieb ihm der Morgengruß im Halse stecken. Ich war verkatert, meine Zunge klebte unterm Gaumen und ich war verzweifelt. Was sollte ich mit dem Vieh anfangen?

Omma wusste Rat. „Der Vogel muss anne frische Luft; der brauch wat zu pickn und Wassa!"

Ich versuchte, dem Hahn das Brustgeschirr

anzulegen; trotz zärtlicher Zurufe, Gurren und Gackern blieb er – arrogant und egoistisch – auf dem Möbel hocken. Schließlich riss mir der Geduldsfaden, und ich grabschte ihn vom Schrank. Es begann ein Kampf auf Leben und Tod! Federn stoben, er wehrte sich mit Sporen und Schnabel, Blut floss. Hinterher sah ich aus, als hätte ich mich durch eine Rolle Stacheldraht gekämpft. Und er wirkte mit seinem weißen Geschirr, das einem antiken persischen Brustpanzer ähnelte, so fremd wie ein Wesen aus fernen Galaxien.

Die Schnur des Transportkartons benutzte ich als Leine und zerrte das Tier die Treppe hinunter in den Garten. Dort schien er sich tatsächlich zu beruhigen, pickte eifrig in den Beeten herum und nahm sich ein paar Schlucke Wasser aus dem Napf unseres Nachbarhundes.

Als sich diese Ausflüge jeden Tag, auch öfter als einmal, wiederholten, konnte ich über die mitleidigen Blicke der Nachbarn und die eindeutigen Wischbewegungen vor der Stirn nicht mehr hinwegsehen. So ging es nicht weiter!

Drei Häuserblocks weiter fand ich schließlich Familie Hemmerich, die für ihre Hühnerzucht noch unbedingt einen Hahn brauchte. Ich schilderte Agamemnon als einen prachtvollen New-Hampshire-Gockel mit einem freundlichen, ruhigen Wesen und geradezu prädestiniert für die Zucht. Die misstrauischen Blicke der Familie auf die noch frischen Wunden an meinen Händen und den leuchtend roten Schmiss unter dem rechten Auge ignorierte ich. Als Hemmerichs dann allerdings erfuhren, dass ich ihnen dieses wertvolle Geschöpf schenken wollte, kannte die Dankbarkeit keine Grenzen. Außerdem überließ ich ihnen das Brustgeschirr ohne weiteren Kommentar.

Später habe ich Agamemnon in seinem Hühnerharem noch einmal besucht. Er würdigte mich – arrogant und egoistisch, wie er nun mal war – keines Blicks.

Strotenkötter II

Die Leute in unserer Straße hatten alle nicht viel Geld; aber Strotenkötters waren besonders arm dran. Das lag wohl vornehmlich an dem Alten - wie mein

Vater sagte. Mit ihm gab es dauernd Stunk auf Zeche, besoffen angefahren, blöde Sprüche zu den Kumpeln und wer weiß was. So ging ihm die Lehrhauerausbildung flöten und er wurde nur noch als Handlanger beschäftigt.

„Dat geht mir aba sowat von am Arsch vorbei" war ein beliebter Spruch von ihm. Dementsprechend hatte er keine Freunde auf Arbeit; auch zu Hause war er der Fiesling. Sein schrottiger Fiat ließ immer große Öllachen in der Parkbucht zurück; das Ordnungsamt war schon ein paar Mal da. Doch er hatte nur seinen bekannten Spruch drauf. Er trennte grundsätzlich keinen Müll und machte jedes Mal groß Bohei, wenn es ihm im Treppenhaus zu laut war. Außerdem glaubten wir, dass er seine Frau verdrosch; die sah immer so verhuscht und verschüchtert aus, unterhielt sich kaum mit den Nachbarn und verschwand nach dem Einkaufen meistens schnell in ihrer Wohnung.

Ganz bestimmt vermöbelte er aber René, seinen Sohn; René war ungefähr sechs oder sieben Jahre älter als ich, eine ganz linke Wehe. Seine Schlosserlehre musste er abbrechen, weil er einen anderen Lehrling auf der Arbeit so verkloppt hatte, dass der sechs Wochen krank feiern musste. Seitdem hing er nur noch rum. Sein Alter hatte ihn wohl deswegen schon ein paar Mal zur Brust genommen, denn ab und an tauchte er mit einem mächtigen Veilchen oder einer aufgeplatzten Lippe auf.

„Wer Scheiße baun kann, kann auch malochn!" hörten wir Strotenkötter des Öfteren rumbrüllen. Wir fragten uns, wie lange dieser Krawall zwischen den beiden noch gut gehen konnte; René war größer und stärker als sein Alter und ließ sich irgendwann mal bestimmt nicht mehr alles gefallen. Irgendwann muss er vom Gejaule seines Vaters die Schnauze voll gehabt haben, denn man sah ihn auf dem naheliegenden Schrottplatz; ein fester Job war es wohl nicht, aber René wäre nicht René gewesen, wenn er dort nicht seinen Schnitt gemacht hätte. Wir glaubten, dass er so nebenbei seinen eigenen Schrotthandel betrieb.

Jedenfalls trug er plötzlich die beliebten Cowboystiefel der neuesten Mode und echte amerikanische Jeans. Er war scharf drauf, in die Moped-Clique aufgenommen zu werden, die sich regelmäßig bei Zappe an der Trinkhalle traf.

Und so kurvte er ein paar Wochen später mit einer grünen Herkules K50 Ultra durch die Gegend; nebenbei erfuhr man, dass er überhaupt keinen Führerschein für das Ding besaß. Wir hörten sofort, wenn er mit dem Moped unterwegs war; er hatte die Maschine nämlich frisiert und den Schalldämpfer ausgebaut.

Er war ein Großkotz erster Güte und haute dermaßen auf den Putz, dass die anderen Jungs ernsthaft überlegten, ob sie ihn in ihrem Club überhaupt haben wollten. Andererseits gab es aber auch welche, denen das Imponiergehabe durchaus gefiel. „Dat is endlich malen Macker, der nich bloß rumschwafelt, der tut wenichstens Butta bei die Fische!“

Vielleicht hatten sie dann doch anderes erwartet.

Denn was er tat und dass dies nicht überall gut

ankam, zeigte sich bald.

Als sie an einem Freitagnachmittag wieder einmal ihre Runden drehten, die Reifen quietschten, die Auspuffe röhrten, da tauchte plötzlich die Polizei auf.

„So, numa Schluss hia mitte Sperenzkes! Is einer von euch der Strotenkötter Renè? Wennich, wo isser?"

René stellte seelenruhig und aufreizend langsam sein Moped ab und baute sich vor den Tschakos auf.

„Wat is los? Wer will wat von mich?"

„Bis du der René?"

„Für euch imma noch Herr Strotenkötter!"

„Nu pass ma auf, dasse dir nich gleich eine fängs, du Rotznase!"

Alfred, der älteste der Clique, packte René bei den Schultern und flüsterte ihm ins Ohr. Widerwillig hörte der mit seinen Nickeligkeiten auf.

Es stellte sich heraus, dass René bei mehreren Brüchen von Zigarettenautomaten beobachtet worden ist. Zeugen hätten eine detaillierte Personenbeschreibung abgegeben, die genau auf ihn zutraf.

„Wer is der Wichser? Dem polier ich sowat von de Fresse, datta nich mehr weiß oppa Männchn oder Weibchn is!" brüllte er los. Wieder musste Alfred beruhigend auf ihn einreden. Schließlich stieg er zu den Schutzmännern in die grüne Minna. Nur um die Personalien fest zu stellen!

Doch dann war René für ein paar Wochen von der Bildfläche verschwunden. Als er wieder auftauchte, war er wieder ganz der Alte, dröhnte rum, wie viel schräge Vögel er im Bau kennen gelernt habe. „Die ham Sachn auffe Pfanne, da träumse von!" Jeder ahnte schon, was er meinte.

Wenig später hörte man es über die ganze Straße: bei Strotenkötters gab es wieder Stunk!

Der Alte kam abends mit einer üblen Platzwunde über der rechten Augenbraue in die Trinkhalle. „Hebbert, gib ma en Kurzen! Kehr, wat is dat fürn fiesen Spalucken, den eignen Vatta vermöbeln, dat gibbet jawo nich!"

Er fluchte wie ein Rohrspatz und pichelte noch etliche Schnäpse; die Stammgäste bei Zappe kümmerten sich nicht sonderlich um ihn. Jeder wusste, was er für ein Arschloch war. Er besorgte sich noch einen Flachmann und schob ab.

„Mann, wat sinde Strotenkötters fürn Gesocks! Da wärn wa noch unsa Spässken mit hamn."

Was die Ollen in Herberts Bude nicht mitgekriegt haben: beim Hinausgehen tupfte sich der alte Strotenkötter mit einem Tuch seine Wunde vorsichtig ab, ging unschlüssig ein paar Schritte hin und her, setzte sich dann auf eine Bank bei den Schrebergärten und heulte Rotz und Wasser in das versiffte Taschentuch.

Beim nächsten Treff der Moped-Clique fehlte Alfred, der unumstrittene Chef der Rabauken. Alle hatten es im Radio gehört: er war bei einem Bruch auf dem Pütt unter Tage geblieben. Die, die sonst die größte Klappe hatten, waren plötzlich merkwürdig still; die Mopeds standen unbeachtet in einem Pulk neben der Trinkhalle. Sie hatten sich eine Kiste Bier besorgt und Herbert gab für alle einen Klaren aus. Wo sonst die Luft zwischen den Rowdies und den Stammgästen brannte, herrschte jetzt fassungsloses Schweigen oder nur gedämpfte Unterhaltung.

Und der, von dem man es am wenigstens erwartet hatte, war völlig von der Rolle; René saß abseits von den anderen auf einem Gartenstuhl und knallte sich besinnungslos die Birne zu.

„Musste datten sein? Ausgerechnet Teddy! Wat machn wirden gezz bloß?"

Mit „Wir" meinte er sich.

Ein paar Tage später redete niemand mehr über den Unfall; es war ja nichts Ungewöhnliches, wenn auf Zeche etwas passierte. Die Beerdigung war so wie die Beerdigungen in solch einem Fall immer waren – Bergmannskapelle in Paradetracht, Gebetssprüche wie „Wir richten eh` wir niederfahren den Blick zu Dir o Gott empor..." und Ansprachen des Schichtältesten oder des Steigers.

Es hat wohl niemand von den Kumpels „den Blick empor gerichtet", vielmehr wurde stickum auf den Pütt geflucht, der ihnen so etwas antat.

Alle – bis auf René – waren dabei, die Straße, die Moped-Clique und natürlich die Eltern und Verwandtschaft.

Als drei Monate später eine Todesanzeige vom alten Strotenkötter in der Zeitung stand, alle wussten, dass er Selbstmord begangen hatte, und gespannt darauf waren, wie es nun mit René und seiner Mutter weitergehen sollte, schien der sich in Luft aufgelöst zu haben.

Doch dann gab es ein Lebenszeichen von ihm: ein Schwarz-Weiß-Foto in unserer Tageszeitung zeigte ihn in Handschellen zwischen zwei Polizisten. In Duisburg ist ein Geldtransporter überfallen worden; René wurde wegen eines schweren, bewaffneten Raubüberfalls mit Todesfolge verhaftet. Auf die Frage des Untersuchungsrichters nach seinem Motiv soll er gesagt haben: „Dat geht mir hia allet sowat von am Arsch vorbei!"

Mein Oller

Als Kind habe ich ihn kaum gesehen. Hatte er Morgenschicht, war ich in der Schule; hatte er Mittagsschicht, kam ich gerade aus der Schule und wenn er Nachtschicht hatte, schlief er bis zum Nachmittag. Dann haben wir zusammen Abendbrot gegessen.
Es gab also nur ein paar wenige Stunden, in denen ich mit meinem Vater etwas anfangen konnte.
Er war ursprünglich kein gelernter Bergmann; vor

meiner Geburt arbeitete er als Katzoff in einer mittelgroßen Metzgerei. Wenn er von dieser Zeit erzählte, musste ich erstaunt und fasziniert zuhören, so fremd war mir in diese Welt.

Er schilderte mir detailgetreu das Schlachten von Rindern und Schweinen; wie in seiner Lehrzeit die Schweine noch mit einem schweren Hammer durch einen Schlag vor den Kopf betäubt und anschließend abgestochen wurden. Den Schussapparat gab es erst später.

Ich erinnerte mich noch genau daran, wie verwirrt ich gewesen bin, zu wissen, dass jemand und ausgerechnet mein Vater tötet – sei es nun ein Schwein oder sonst was. Es war diese Machtausübung über Leben und Tod, die mich irritierte. Das anschließende Ausnehmen der Tiere war dann nicht mehr so emotional besetzt.

Bei späteren Hausschlachtungen – da war er schon auf Zeche -war ich einige Male dabei und beim Ausräumen der Innereien und Säubern der Tiere von der Anordnung der Organe angetan– zumal mir mein Vater erklärte, dass ein Mensch von Innen fast genauso aussehen würde wie ein Schwein. Vielleicht rührte mein späterer Chirurgenwunsch aus dieser Kindheitserfahrung!

Ich war ja froh, dass er meine Kaninchen nicht geschlachtet hatte, fragte ihn aber „Wieso die Schweine und Rinder, aber nicht die Kaninchen?" - „Dat is ebn wat anderet, Punkt!". Warum das aber so anders war, konnte oder wollte er mir nicht sagen.

Bei den Hausschlachtungen gab es oft statt Geld Naturalien – ein Strang Koteletts oder auch einmal einen ganzen Schinken! Der wurde zu Hause in einem Ofen unter Buchenholz langsam geräuchert. Den Räucherofen hatte er selbst aus unserem ausrangierten Wasserboiler gebaut. Der hatte wie ein normaler Ofen unter dem Wasserbehälter ein Kohleschott. Die Trennwand von Feuerstelle und Bottich hatte er heraus geschnitten; aus dem Tank ebenso eine große Tür. Dann wurden in bestimmten Abständen eiserne Rundstäbe im Inneren des Boilers angeschweißt – fertig war der Räucherofen. Der stand nun in unserem Schuppen hinter dem Haus. Wenn geräuchert werden sollte, schleppte er das Ding an eine Schuppenseite, wo es vor Regen geschützt war.

Hing dann ein Schinken im Rauch, zog der Duft über die ganze Straße. „Ey, riechse wat? De Berni is wieda dran am Räuchern!"

Zuvor gab es jedoch die Prozedur des Pökelns; das war Vaters Geheimnis. Die Mischung der Pökellake hat er niemandem verraten; ich habe allerdings oft genug zugesehen: er nahm eine bestimmte Grammzahl Pökelsalz pro Kilo Fleisch, dann kamen Zucker, Thymian, Salpeter, Pfeffer, Lorbeerhlätter, Koriander und die entsprechende Menge Wasser. Die Brühe wurde aufgekocht, er ließ sie abkühlen und anschließend kam der Schinken für einige Tage zum Ziehen in die Lake.

Nach den Hausschlachtungen gab es das große Schlachteessen, das der Tierbesitzer ausgab. Aus dem heißen Brühkessel wurden Wellfleisch, Fleisch-, Leber- und Blutwürste gefischt und mit Brot und Senf gegessen. Ein echtes Festessen!

Als ich geboren wurde, reichte das kleine Geld eines Katzoffs für die junge Familie nicht mehr; Vater ging auf Zeche.

Er lernte den Beruf des Bergmanns von der Pike auf. Als er auf dem Pütt anfing, konnte er erst nach drei Jahren seinen Hauerschein machen und einigermaßen Geld verdienen. Nur selten und irgendwie widerwillig erzählte er auf mein Nachfragen, wie die Arbeit vor Ort aussah. Zu seiner Zeit wurde der Streckenausbau noch aus Holz erstellt; es musste also Holz geschnitten werden, um die Strecke entsprechend zu sichern – alles Arbeiten, die er vorher nie gemacht hatte. Ging es dann vor Kohle, war es keine Seltenheit, an einem Flöz mit dem Abbauhammer zu arbeiten, das manchmal nur fünfzig oder sechzig Zentimeter mächtig war. Die Kumpel arbeiteten also im Liegen!

Ich fand es immer ziemlich gruselig, Hunderte von Metern unter der Erdoberfläche in einem Drecksloch zu arbeiten, und verstand bald, dass er nicht gern darüber reden wollte. Lieber ging er – vor allem, wenn er Morgenschicht gehabt hatte – mit meiner Mutter in seine Lieblingskneipe. Sie hatten nur über die Brücke unserer Köttelbecke zu laufen und waren in zehn Minuten am Tresen von Hermanns Pinte.

Er war in meinen Augen ein richtig harter Hund, vor allem gegen sich selbst. Als er sich beim Koppeln oder Beladen der Hunte – er wusste nicht mehr genau, wie sich die Geschichte abgespielt hatte – zwei Glieder des rechten Mittelfingers abgetrennt hatte, feierte er drei Tage lang krank und ging dann wieder auf Schicht. Und anstatt die kleine

Unfallrente zu kassieren, ließ er sich den Betrag auszahlen. „Da lassich mir de Moppn lieba auffe Hand gebn! Dann müssn wa den DKW nich auf Kubitschko kaufn." Sein sehnlichster Wunsch war dieses Auto! Der Zweitakter Junior de Luxe mit vierunddreißig Pferdestärken und automatischer Ölzufuhr. Vor allem liebte er den Frontantrieb. „Da kannze richtiget Inselspringn mit machn!" Er meinte damit problemloses, zügiges Überholen.

Ich habe von ihm nur ein einziges Mal im Leben Dresche bezogen. Ich muss so etwa sieben Jahre alt gewesen sein, als ich mit Jupp, einem Nachbarsjungen, gewettet hatte, einen Stein über unseren Schuppen schmeißen zu können. Nach zwei oder drei Fehlversuchen schaffte ich es tatsächlich – dann hörten wir einen spitzen Schrei! Wutentbrannt kam Jupps Mutter um die Schuppenecke; sie zog ein schmerverzerrtes Gesicht und hielt sich den Hinterkopf.

„Ihr verdammten Blagn! Wer waddat von euch? Wer hatten den Ömmes geschmissn?" Es hatte eigentlich keinen Zweck zu leugnen, aber wir wollten uns nicht gegenseitig in die Pfanne hauen.

„Dat warn wir nicht! Soche Backmänner schmeißn wir nich!"

Es half alles nichts! Jupp bekam eine geschmiert, seine Mutter beschwerte sich bei meiner. „Na watte, wennder Papi nach Hause kommt!" Allein diese Drohung reichte schon.

Als er von der Morgenschicht nach Hause kam, wartete ich in meinem Zimmer auf die Dinge, die kommen sollten.

„Hasse den Jupp seine Mutta ein verplettet, ja oda nein?"

„Ährlich, dat warich nich!"

Ich habe Dresche bekommen; nicht wegen der Steinewerferei, sondern weil ich ihn angelogen hatte. Es war Sommer und ich trug jeden Tag Lederhosen; die Schläge auf den Hintern waren also auszuhalten. Dummerweise murmelte ich leise während der Senge: „Ich spür überhaupt nix!" Das war ein großer Fehler!

Hose runter, Kloppe auf den nackten Arsch und sofort ab ins Bett! Am hellichten Nachmittag!

Als meine Mutter zwischen all dem Geschniefe und Geschluchze hörte „Altes Arschloch" und „Blöder Papi", kam sie ins Zimmer, strich mir übers Haar und schloss mit einem „Nana, nu is ja gut gezz" die Tür.

Ich habe bei meinen Vater nur zweimal mitbekommen, wie er bemüht war, „anständiges Deutsch" zu sprechen; dann musste er etwas besonders Wichtiges los werden. Da war zunächst meine Aufklärung!

Ich hatte in letzter Zeit des Öfteren morgens nasse Flecken in meiner Schlafanzughose und auf dem Bettlaken entdeckt. Zunächst war ich erschrocken, weil ich dachte, ins Bett gemacht zu haben; doch dazu waren die Flecken nicht groß genug. Meine Mutter wusste Bescheid und forderte meinen Vater auf: „Nu musse ma mit den Jungn redn, damitta Bescheid weiß."

Heute muss ich bei dem Gedanken schmunzeln, wie viel Anstrengung ihn diese Aktion gekostet haben muss. Denn in ernsthaften Gesprächen war eher umständlich!

„Jetzt hör mir mal genau zu und versuche, nicht zu grinsen!" Dann erklärte er mir ausführlich den Geschlechtsakt, was es mit den Flecken auf dem Bettlaken auf sich hatte und das ganze Drumherum. Natürlich wusste ich das meiste schon von meinen Kumpeln, aber es war doch schon etwas anderes, diese Geschichten mit der entsprechenden Ernsthaftigkeit von einem Erwachsenen erzählt zu bekommen. Mir war bei dem Gehörten überhaupt nicht nach Grinsen zumute, eher war es ein wenig unangenehm. Es war für mich schlicht unvorstellbar, wie Vater und Mutter…?!

„Na, wie isset? Hasse kapiert?" Und mit einem Augenzwinkern stieß er mir mit dem Ellbogen in die Seite und nahm sich den Sportteil der Zeitung vor.

Diese Aussprache war für mich wie ein Aufnahmeritual in die Erwachsenenwelt. Ich fühlte mich plötzlich ernst genommen und reif für das Leben. Ich habe meinem Vater diese Unterredung hoch angerechnet, weil ich wusste, wie schwer er sich in solchen Dingen tat. Zudem glaubte ich, dass wir uns durch dieses Gespräch näher gekommen sind.

Dem zweiten Versuch einer kultivierten Aussprache ging – ein paar Jahre später - ein nicht minder einschneidendes Ereignis voran; nach einem Arztbesuch packte meine Mutter überstürzt ein paar Sachen in ihre Reisetasche, bestellte sich ein Taxi und trug mir auf: „Wender Papi nach Hause kommt, sach ihn, dassich schnell innet Kranknhaus musste, dat Elisabeth, dann weisser Bescheid!" Mehr erfuhr ich von ihr nicht. Als Vater von der Morgenschicht nach Hause kam, ich ihm die Geschichte erzählte, wurde er kreidebleich, ließ sein Essen stehen und fuhr gleich ins Krankenhaus. Ich sollte zu Hause bleiben.

Es war schon Abend, als ich ihn an der Haustür hörte.

„So, nun lass uns mal ein Bier trinken gehen!"

Ich sah ihn verdutzt an; normalerweise hieß das: „Komm, Pitter, gezz gehn wa uns ein schnasseln!"

In seiner Pinte setzten wir uns an den Tresen und er bestellte Pils und Wacholder. Es dauerte, bis er mit der Sprache heraus kam. Bei meiner Mutter ist ein Unterleibskrebs festgestellt worden, der sofort operiert werden musste.

„Abba die kriegn dat widda hin, sachte Schwesta!" Mit zunehmendem Alkoholkonsum rutschte die Sprache wieder in ihren gewohnten Slang; auch die „Harter-Hund-Mentalität" ging ihm verloren und ich sah ihn den Tränen nahe. Nach vierzig Strichen auf dem Deckel brachte ich meinen total breiten Vater nach Hause ins Bett. Er sollte um sechs Uhr schließlich wieder einfahren.

In den nächsten Tagen musste ich ihn regelrecht überreden, meine Mutter zu besuchen; ihm machte es nichts aus, auf der siebten Sohle in tausendzweihundert Metern Tiefe im Streb rumzuackern, doch in Kliniken mit den Gerüchen nach Medikamenten, kranken Menschen und Tod wurde ihm jedes Mal schwummerig und kotzübel.

Als nach Jahrzehnten der Krebs meine Mutter

wieder einholte, er sie bis zum Tod pflegte, da kamen mit dem Alleinsein und der erzwungenen Tatenlosigkeit all die Gebrechen zu Tage, die er seinem Körper auf Zeche zugemutet hat.

Ich musste ihn einmal zu einer Röntgen- und Tomografieuntersuchung bringen und war bei dem Abschlussgespräch mit dem Arzt dabei. „Mein lieber Mann, dass Sie mit diesen Knochen noch vor mir sitzen können, kommt einem Wunder gleich!" Die Bilder zeigten einen total deformierten Knochenbau; wo eigentlich Knorpel sitzen sollten, war auf dem Bildschirm nichts zu sehen. Vater lächelte ein wenig gequält, aber auch stolz vor sich hin.

Als ihn dann später ein Schlaganfall traf, er selbst ins Krankenhaus musste und ich ihn besuchte, saß er in seiner bollerigen Unterbux und dem Krankenhaushemd auf der Bettkante und sagte nur: „Wenne mich nich abba sofort aus diesen Kabuff raushols, dann mach ich hia de Döppn dicht!"

Es war traurig, mit ansehen zu müssen, wie mein bärenstarker Vater plötzlich klein und zerbrechlich wirkte; natürlich brachte ich ihn aus der Klinik.

Sein Allgemeinzustand verschlechterte sich, so dass er in ein Pflegeheim gebracht werden musste. Offensichtlich gefiel es ihm aber dort; ein Kumpel aus seinem alten Kegelclub saß mit ihm an einem Tisch.

„Ey, Pitter, besorch uns domman paar Fluppn! Auffem Klo oda auffem Balkon könn wa eine perzen!"

Es ließ sich mit ihm in der neuen Umgebung gut an; ich fuhr mit dem bisschen Etwas, das einmal mein

Vater war, in einem Rollstuhl an die ihm bekannten Ecken unseres Viertels, tranken an Zappes Kiosk einen Schnaps, blieben in den Schrebergärten stehen und rauchten HB.

Eines Morgens kam ein Anruf der Heimleitung, ich möge bitte sofort kommen; ohne weiter nachzufragen, machte ich mich auf den Weg und fand meinen Vater in seinem Bett, die Augen waren geschlossen und er atmete schwer und unregelmäßig.

„Es geht wohl mit ihm zu Ende!" sagte eine Pflegekraft.

Sie hatten ihm das kleine Wollschaf, das er immer auf die kaputten Knochen gelegt hatte, wenn ein Wetterumschwung ihm zu schaffen machte, auf den Bauch gelegt. Die rauen Hände hatten sie ihm gefaltet; durch die fehlenden Mittelfingerglieder sah diese Pose irgendwie unpassend aus. Ich habe meinen Vater nie beten sehen.

„Ey, Vatta, wie isset? Wat machse denn für Geschichtn?"

Ich nahm seine rechte Hand in meine; die Haut war kühl und trocken, fühlte sich wie Pergamentpapier an. Ich sah die zig Narben, schwarz gefärbt vom Kohlestaub, die dicken, gerillten Nägel und den Fingerstumpf. Dann begann ich zu erzählen – von Begebenheiten, die wir zusammen erlebt hatten, von der Schalker Truppe, die wieder im oberen Tabellenviertel stand, von den neuesten Automodellen und vom Wetter. Stundenlang! So, wie ich es immer machte, wenn ich ihn besuchte.

Ab und an hob sich sein Brustkorb, er zog scharf die

Luft ein und ließ sie mit flatternden Lippen wieder entweichen. Ich streichelte seine Wangen, die ohne die Zahnprothese das Gesicht merkwürdig klein und eingefallen erscheinen ließen, seine immer noch dichten, weißen, kurz geschnittenen Haare.

Ich wusste nicht mehr, wie lange ich diese alte, verwelkte Hand gehalten hatte; dann - nach einem abermaligen, tiefen Seufzer und einem plötzlichen Druck der bis dahin schlaffen Hand - atmete er nicht mehr.

Ich war mir sicher, dass er nicht leiden musste, so unaufgeregt und ruhig wie er da lag; ihm ist sicher klar gewesen, dass er sterben würde. Und so wie er im Leben gewesen ist, hat er auch den Tod angenommen: „Kannz ja nix machn, is numa so!"

Er hat seine Frau, meine Mutter, nicht lange überlebt und liegt mit ihr in einem schlichten Grab, nur mit einer Tafel, auf der beider Namen eingraviert sind; so wie er es gewollt hatte – „ohne Gedöns un sowat allet!"

In memoriam Hans Tilkowski

Es ist der 18. September 1965.
Am späten Vormittag, es war ein nieseliger Samstag und ich war gerade aus der Schule gekommen, da stürmte mein Onkel Hans-Bernd, der nur „Seppl" genannt wurde - warum, weiß kein Mensch!- in unsere Wohnung: „Ey, Berni, du glaubset nich – ich hab vonnem Kollegen noch Karten für Schalke gekricht!" Berni war mein Vater und beide waren eingefleischte Schalke-Fans. „Pitter, kannz mitkomm wenne willz!" wurde ich mit einbezogen.
Klar wollte ich mitkommen; aber nicht wegen Schalke, sondern weil das Derby gegen Borussia Dortmund anstand. Außerdem war seit der Weltmeisterschaft in Chile 1962 mein Fußball-Gott Hans Tilkowski, Keeper beim BVB.
Bei der Weltmeisterschaft `62 spielte er noch für Westfalia Herne; und hätte er, nicht Wolfgang Fahrian, damals im Tor gestanden, wir hätten das Spiel gegen Jugoslawien nicht verloren!!
Dann gab es das Match am 6. Juni 1965 im Maracana-Stadion in Rio de Janeiro gegen Brasilien;

vor fast 150 000 Zuschauern hielt mein „Til" in der 77. Minute einen Elfer von Rinaldo und wurde als erster Torwart „Fußballer des Jahres" 1965.

Unglücklicherweise war ich in meiner Familie der einzige Dortmund-Fan.

Also, klar würde ich mitkommen, auch wenn es in die Glückauf-Kampfbahn ging. Erstens, weil für mich sicher war, dass heute die Borussia gewinnen würde, zweitens, weil sich die Möglichkeit bot, endlich ein Autogramm von dem „Schwatten" zu ergattern.

Es war zu erwarten, dass es rappelvoll werden würde; also schnell noch ein Teller Bohnensuppe, Vater als S04er holte sich seinen Fan-Schal und wir wollten los. „Wattet doch ma, ich hab euch nochn paar Bütterkes gemacht!" rief meine Oma aus der Küche. Vater und Onkel verstauten die Knifften in ihren Jackentaschen, dann ging es in der „Badewanne" - dem Ford 17M meines Onkels - Richtung Gelsenkirchen. Es war wie immer voll auf den Straßen, doch heute wurde es, je näher wir der Kampfbahn kamen, chaotisch. Wir bekamen mit Glück einen Parkplatz in einer Nebenstraße im totalen Halteverbot und mussten noch mindestens eine Viertelstunde laufen. Es strömten die Massen!

Es war sicher, dass Onkel Seppl nur Karten für einen Schalker Block bekommen hatte; ich war nicht scharf auf einen Satz heiße Ohren und hatte deshalb vorsorglich meine schwarz-gelben Klamotten zu Hause gelassen.

So standen wir eingepulkt von Schalke-Fans im Nieselregen vor einem Wellenbrecher; ich hatte schon öfter schlechte Erfahrungen mit diesen Dingern gemacht. Sie sollten verhindern, dass es bei Geschiebe und Gedränge zu Massenstürzen kommt. Stehst du aber direkt vor einem dieser Rohrgestänge und von oben drücken die Zuspätkommer oder irgendwelche Blödiane die vor ihnen Stehenden nach unten, kannst du Pech haben und die Bratkartoffeln kommen da wieder raus, wo sie reingekommen sind.

Egal, ob Glückauf-Kampfbahn oder Stadion Rote Erde, beim Derby ist immer der Teufel los! Auch heute sind rund 40 000 Zuschauer da, die Mannschaften sind aufs Spielfeld gelaufen, die Borussia gnadenlos ausgepfiffen und es ist 16.00 Uhr. Anpfiff!

Ich musste mich ziemlich zusammen nehmen, um nicht laut zu jubeln, als ich meine Stars auf dem Rasen sah: den kleinen Hoppi Kurrat, der hinten alles wegputzte, Stan Libuda, der ebenso Pfiffe wie Dortmund kassierte, weil er von S04 zur Borussia gewechselt war, die beiden Stürmer „Emma mit der linken Klebe" Lothar Emmerich, Siggi Held und natürlich der „lange Schwatte" Hans Tilkowski Auch heute - wie eigentlich immer - in schwarzer Torwartkluft; die schwarze Mütze brauchte er heute nicht.

Als Emmerich in der 41. Minute das 1:0 für Dortmund erzielte, musste ich die Klappe halten, obwohl mir unser Fanspruch „S04, die Scheiße vom Revier" auf den Lippen lag. Die Freude währte allerdings nicht lange, denn Hermann machte mit dem Halbzeitpfiff den Ausgleich.

Normalerweise konnte man die Halbzeitpause nutzen, um entweder pinkeln zu gehen, sich ein Bier oder eine Bratwurst zu kaufen oder wenigstens einmal tief Luft zu holen. Alles war an diesem Samstag nicht möglich! Ich stand wie in einer Sardinenbüchse eingeklemmt; als ein Nachbar umständlich eine Zigarette aus seiner Jacke prockelte, stieg ein Mief aus Fürzen und Schweißmauken aus der unteren Etage, der mich umgehauen hätte, wenn ich nicht so eingequetscht gestanden hätte. Auch mein Onkel nutzte die Pause, um nach den Broten zu grabbeln. „Ey, Pitter, willze ne Kniffte?" Als er das eingewickelte Brot in der Hand hatte, sahen wir uns fragend an; Margarine und Leberwurst hatten sich in dem Menschengedränge erfolgreich zusammengetan und bildeten eine weißlich-rosa Plempe. Zusammen mit dem Brot war alles nur noch eine ungenießbare Matsche. Ich glaube, er hat den ganzen Siff stickum Richtung Tribünenstufen geschickt. Außerdem war er stinkesauer, weil die Pampe seine Jackentasche vollgeschmiert und einen riesigen Fettfleck hinterlassen hat, den man sogar von außen sehen konnte.

2. Halbzeit! Beide Mannschaften schenkten sich nix; es ging hin und her! Til hatte ordentlich zu tun, war an den kassierten Treffern schuldlos. Eine Viertelstunde vor Schluss hieß es dann 3:2 für die Borussia durch ein Tor von „unsa Emma". Totenstille im Stadion! S04 bemühte sich um den Ausgleich, aber der Drops war gelutscht. Dortmund ließ nichts mehr anbrennen und gewann. Nach

diesem Ergebnis stand die Borussia punktgleich mit den Bayern an der Spitze, während Schalke als Drittletzter am Tabellenende rumkrauchte.

Bei einem Schalker Sieg hätte ich nie die Chance gehabt, ans Spielfeld zu laufen; so aber leerte sich die Kampfbahn schnell und ich bedeutete Vater und Onkel, dass ich mir noch ein Autogramm holen und anschließend zum Auto kommen wollte.
Ich wühlte mich zum Eingangsbereich der Mannschaftskabinen durch und wartete auf meine Helden. Einige Spieler strichen den wartenden, meist jugendlichen Autogrammjägern über die Haare und freuten sich sichtlich über die Aufmerksamkeit, die ihnen entgegengebracht wurde. Heute ist das ein wenig anders!
Dann kam der „Lange"; einen Kugelschreiber hatte ich vorsorglich mitgenommen, aber kein Papier. So klaubte ich mir eine einigermaßen saubere Wurstpappe vom Boden, die ich dann Tilkowski mit Stift hinhielt. Aus der Nähe hatte ich Hans Tilkowski bisher nicht sehen können; er hatte ein freundliches Gesicht mit einem kleinen Lächeln – klar, wenn du auf Schalke das Derby gewinnst! Auf mich damals Fünfzehnjährigen wirkte er wie ein großer Bruder, auf den man sich verlassen konnte, dem man vertraute.
Er kritzelte seinen Namenszug auf meine Pappe und ich war selig!
Die Rückfahrt mit den beiden S04-Leuten wurde dann nervig; natürlich haben sie die Knappen klar im Vorteil gesehen, Fouls bemerkt, die nicht

gepfiffen wurden, und überhaupt…!

Ich wehrte mich erbittert: „Hasse nich richtich hingekuckt? Der Grau hat doch gegen unsan Hoppi keine Schnitte gekricht! Un wennet gefährlich wurde, hat der Til doch allet gekascht!"

Nutzte alles nichts, ich bekam keinen Stich gegen zwei unbelehrbare Hardcore-Fans. „Werd du ersma trocken hinter de Ohrn, dann kannze vielleich ma mitredn", wurde ich abgekanzelt.

Die damaligen Sportreporter lobten Tilkowskis Gelassenheit und Ruhe sowie sein Stellungsspiel, die seine Souveränität ausmachten: Gefahren erkennen, den Spielverlauf vorausahnen, sich selbst in die richtige Position bringen, mit einer extremen Sprungkraft Flanken abfangen. Das waren seine Stärken, die ihm die Schlagzeile „König des Stellungsspiels" einbrachten.

Nur einmal habe ich ihn als den Torwart gesehen, den die Gelassenheit und Disziplin verlassen hat; das war am 30. Juli 1966 im Londoner Wembley-Stadion. Die deutsche Nationalelf verlor das WM-Endspiel gegen England unter anderem wegen eines irregulären Tores.

Ich habe die Szenen noch vor Augen, wie Uwe Seeler nach dem Spiel mit gesenktem Kopf das Spielfeld verließ, Til später bei der Siegerehrung tränenüberströmt der Queen Elisabeth die Hand reichte, und wie verwirrt ich darüber war, dass mein Supermann seinen Emotionen in der Öffentlichkeit freien Lauf ließ. Erst später begriff ich, dass diese Gefühlsregung auch zu seinem Charakterbild gehörte.

Und heute?

Hat Hans Tilkowski das gehalten, was ich mir damals von ihm versprochen hatte?

War er lediglich das Idol eines fußballbegeisterten Jungen oder war da doch mehr?

In einem Interview hatte der damals bald 84jährige gesagt, seine „Torpfosten" seien Glaubwürdigkeit, Menschlichkeit, Respekt und Gerechtigkeit. Man mag diese Aussagen für allzu schlagwortartig halten, zumal die Gerechtigkeit heutzutage für viele ja auf der Strecke bleibt.

Wenn nicht- ja, wenn nicht Hans Tilkowski diese Begriffe authentisch gelebt hätte! Man muss sich nur die Vita nach seiner Karriere als Sportler anschauen, dann weiß man, was er genau mit diesen Begriffen gemeint hat.

Der Junge von damals sah den Torhüter nur in strahlendem Licht; die Psychologie spricht von Identifikation. Ich suchte mir natürlich die Eigenschaften, die mir an ihm sympathisch waren. Es war wohl die Grundanständigkeit, die ich bei diesem Mann bewunderte; während Typen wie Karl-Heinz Schnellinger oder Helmut Haller damals für viel Geld nach Italien gingen, blieb der Hans zu Hause. Für Til war das nie Thema!

Natürlich verändern sich die Leitbilder im Laufe einer Entwicklung, verblassen oder verschwinden vielleicht. Mir waren später andere Personen oder Maxime wichtiger; doch das Wissen um den Grundstock seiner Charaktereigenschaften blieb trotz aller Veränderungen haften.

In den Zeiten, wo Shows wie „German`s next top model" einen Idealtypus produziert, der bestenfalls hysterisch-neurotische Züge trägt, schlimmstenfalls zu Anorexie oder Suizid führt, wo abgehalfterte C.- und B.-Promis sich in Talk-Shows oder schlimmen Trash-Formaten von RTL II peinlich inszenieren und 5,6 Mill. Zuschauer sich vom „Dschungel-Camp" verblöden lassen, da mögen zwar die „Tugenden" eines Hans Tilkowski biedermeierlich erscheinen und sicher nicht für jeden der moralische Maßstab sein; aber Rechtschaffenheit und Bodenständigkeit sind in diesem Zusammenhang nicht zu belächelnde Sekundärtugenden, sondern ein Beispiel für ein „Standing" in wirren Zeiten.

Oder kannst du dir vorstellen, wie der „Schwatte" 150 000 so genannten „Followern" vor zwitschert, wie viel Pils er gestern Abend gezischt hat?

Und wenn seit Monaten in der Öffentlichkeit um Werte, Werteverlust, Werteerhalt und was auch immer debattiert und gestritten wird, so können Menschen wie er fern von Dünkel und Imponiergehabe ein gutes Beispiel geben.

Falls aber die Aussage aus einer großen Wochenzeitung von 2007 zutreffen sollte, die konstatiert, „heute reicht es, dass man sich ein paar Stunden vor den Computer setzt und die Webcam anstellt und sein Leben als Videoclip auf YouTube bringt oder MySpace oder wie die neuesten Öffentlichkeitsmaschinen und Ruhmmotoren sonst noch heißen. Im Grunde aber geht es in diesen medialen Spiegelgefechten immer um das Gleiche: Die Menschen wollen gesehen werden, sie wollen erkannt, sie wollen anerkannt werden. Sie wollen ihr Bild selbst bestimmen. Sie wollen ihr eigenes Vorbild sein", dann haben wir und die alten Leitbilder ein Problem.

Der österreichische Psychologe Werner Stangl unterscheidet zu Recht zwischen Idol und Vorbild: „Vorbilder haben Leitfunktionen, die sich auf konkrete, nachprüfbare Faktoren stützen...Idole seien dagegen Ausdruck unserer Sehnsüchte, in denen sich unsere irrationalen, unerreichbaren Vorstellungen kristallisieren".

Ich bin davon überzeugt, dass ein Idol, das über Wertevorstellungen verfügt, die Tilkowski als „Torpfosten" beschreibt, durchaus zum Vorbild werden kann.

Und wenn der damals „Schwatte" und heute „Weiße" in den „Torpfosten" die Garanten für eine gelungene Lebensführung sieht, „is doch allet paletti, odda wat mainze?"

Haare, nix als Haare

Mein Opa mütterlicherseits trug sie mit einem exakten Linksscheitel, halblang, der Nacken war ausrasiert und das Weiße über den Ohren musste glänzen.

Opa väterlicherseits legte Wert auf einen Mittelscheitel, ein wenig kürzer als Opa I, aber ansonsten ebenso – Nacken und über den Ohren ausrasiert. Auf Kotletten verzichteten beide.

Oma I organisierte ihr langes, dünnes Haar zu einem im Nacken sitzenden Dutt, während die andere Oma immer einen altersentsprechenden modischen Haarschnitt präferierte – leicht bläulich angetönt, Dauerwellen mit viel Haarspray.

Die eine trieb einen eher geringen Aufwand mit ihren Haaren, dennoch mussten sie mit einem strengen Mittelscheitel in Form gelegt werden, damit ein korrekter Dutt zustande kam; die andere ging mindestens alle zwei Wochen zum Frisör und kam mit einem Schopf nach Hause, der wie ein Helm jedem Wind trotzte und einen strengen Chemiegeruch verbreitete.

Vater legte nicht viel Wert auf einen besonderen Haarschnitt; ihm war wichtig – möglichst kurz, um wenig Aufwand mit der Wäsche treiben zu müssen. Schließlich musste er sie als Püttmann unter Tage jeden Tag waschen; manchmal bemerkte ich einen Hauch von Pomade in den noch feuchten Haaren, wenn er von der Schicht nach Hause kam. Auf alten Fotos konnte man ihn noch mit einer kleinen Stirntolle sehen – ansonsten alles nach hinten gekämmt, ohne Firlefanz!

Er hatte dichtes, volles Haar, das er allein schon deswegen kurz schneiden ließ, weil er sonst sicher wie ein Wischmopp ausgesehen hätte. Als man in den siebziger Jahren allgemein die Haare länger trug, traute er sich vorsichtig an die neue Mode heran. Und tatsächlich – je länger er die Haare trug, umso mehr glich er Catweezle!

Auch Mutter schätzte die pflegeleichte Kurzhaarfrisur; manchmal mit unterschiedlichen Farbvarianten, mal etwas kürzer, dann etwas länger. Als dann im Alter sich mehr und mehr das Grau durchsetzte, versuchte sie zunächst, dieser Alterserscheinung durch Tönung entgegen zu wirken, ließ es dann aber irgendwann bleiben.

Bei uns Kindern spielte eine besondere Frisur keine Rolle; es ging nicht um Aussehen, sondern um Zweckmäßigkeit. Ich konnte mich erst ganz spät an meine Frisuren erinnern, da sie tatsächlich so nebensächlich waren. Wir gingen auch nicht zum Frisör, sondern der kam ins Haus. Man wurde auf einen Stuhl gesetzt, einen Umhang gab es nicht, dafür musste das große Badetuch herhalten, und dann schnibbelte er mit seiner uralten Zwilling-Haarschneidemaschine los. Ich höre das „Klipp-Klapp" des mechanischen Apparates noch heute! Nach zehn Minuten war man fertig und sah eigentlich keinen großen Unterschied zu vorher; lediglich das unangenehme Kitzeln der Haarreste unterm Hemdkragen deutete auf die Aktion hin!

Falls einmal ein Termin mit dem Frisör nicht

zustande kam, wurden die Ponyhaare mit einem Klämmerchen zurück gehalten – für mich allerdings ein Drama, weil Haarklammern natürlich nur bei Mädchen benutzt wurden. Du kannst dir vorstellen, wie schnell die Klammer aus den Haaren war, wenn wir zum Pöhlen loszogen.
Ansonsten hatten alle Jungen in unserer Straße den gleichen Pisspottschnitt.
Da achteten die Mädchen schon eher auf ihre Frisur; als die ersten – mit vierzehn oder fünfzehn Jahren – mit der so beliebten, weil erwachsenentypischen Dauerwelle auftauchten, konnten wir uns vor Lachen kaum halten. Die Mädels mit ihren Stackelbeinen, platt wie ein Bügelbrett, aber Frauenfrisur!
„Wat hamse denn mit dir gemacht – hasse inne Steckdose gepackt?" Mit einem „Phh" und hochnäsiger Miene wurden wir überhaupt nicht zur Kenntnis genommen. Sie waren ja schon so erwachsen!
Andererseits begannen wir sie auch mit anderen Augen wahrzunehmen; trotz aller Merkwürdigkeiten, die wir an ihnen entdeckten, spürten wir schon den Hauch des Weiblichen. Und es gab tatsächlich einige unter ihnen, die wegen ihres Aussehens mit einem anerkennenden Pfiff belohnt wurden!

Wie jede Mode änderte sich mit der Zeit auch die Haartracht. Für uns Jungen kam der Wendepunkt mit dem Auftreten der „Beatles"!
Nicht nur die Musik, sondern ihr gesamter Habitus

nebst Sprache und Auftreten wurden plötzlich maßgebend!

Claus, der in der Schule eine Bank vor mir saß, traute sich als Erster! Er musste sich schon rasieren, so dass es ihm leicht fiel, die begehrten Kotletten wachsen zu lassen; und seine blonden Locken wurden länger und länger!

Gern wollte ich es ihm nachmachen; ich wollte, durfte aber nicht!

„Willze dich zum Affn machn? Da siehsse aus wienn Neandertaler. Kommt gannich in Frage. Un wat solln die Nachbarn denkn!" So hieß es, wenn ich mal einen Friseurtermin unbedingt ausfallen lassen wollte. Auch mit dem Outfit war das so eine Sache! Schlaghosen oder die so genannte Shake-Hosen – das waren die mit dem Schlitz in der vorgenähten Falte, damit die Hose auch ordentlich über die Stiefeletten fallen konnte – waren lange Zeit tabu. Jeans wurden gerade so noch toleriert!

Ob Blümchenhemd oder US-Parka, der Zoff war jedes Mal vorprogrammiert; als die Öffentlichkeit sich langsam an die neuen Maschen gewöhnt hatte, wurde es auch bei uns zu Hause ruhiger.

In der Veranstaltungshalle unserer Stadt stand ein Konzert der Rockgruppe „Small Faces" an; der Bassgitarrist trug die Haare genauso wie ich sie für mich vorstellte. Ich zeigte meinen Eltern ein Bild der Gruppe auf dem Konzertplakat und siehe da! „Na dat geht ja noch! Mainzwegen mach doch; du muss ja mit sonne Haare rumlaufn."

Später – die Haare wurden immer länger, die Bärte sprossen – waren die Pilzköpfe nicht mehr „in"; man orientierte sich nun am Aussehen der Rockstars wie Eric Clapton, „Canned Heat" oder den „Doors". Es wurde immer wilder und die Einwände aus Familie und Verwandtschaft wurden ohne Konsequenzen ignoriert. Schließlich ließ man uns machen.

Interessanterweise merkte man auch bei der älteren Generation Veränderungen; mein Oller ließ sich die Kotletten bis auf die Hälfte der Ohrlänge wachsen. Und zur Verwunderung meiner Mutter einen Kinnbart!

„Kehr Berni! Dat steht dir ja. Siehs aus wienn richtich tofften Seger!" Es gab also für uns kein Halten mehr!

Natürlich waren nicht alle Jungs aus der Straße so drauf; einige durften oder wollten nicht. Bei denen bekam der Kurzhaarschnitt im Zuge der 68er auch einen politischen Touch. „Dat Weiße übern Ohrn muss glänzn, dat hattoch der Adolf gesacht!" Das waren die ewig Gestrigen, die nix geschnallt hatten – so waren wir drauf!

Dass wir damit ein gepflegtes Vorurteil vor uns her trugen, kam mir erst Jahrzehnte später in den Sinn.

Den Trend zum Langhaarschnitt habe ich bis heute beibehalten; natürlich nicht mehr so wüst wie damals, aber eben erkennbar lang. Der Bart blieb bis in die Gegenwart – wenn auch zivilisiert gestutzt. Bei einigen ehemaligen Klassenkameraden sieht man heute noch ein weißes Zöpfchen oder einen mächtigen Rauschebart. Geschmackssache!

An einem Samstagmittag entdeckte ich bei einem Bummel durch die Innenstadt einen neuen

Friseurladen; da ich Zeit hatte und die Fasson
meines Haarschnitts aufgebessert werden musste,
ging ich auf das Haarstudio zu; die Schaufenster
waren mit allerlei Werbung und Graffiti-
Zeichnungen zugepflastert. Über der Eingangstür in
grellen Neonfarben der Hinweis: Copa Cabana Cut!
Schon vor der Tür hörte ich das Wummern des Hip-
Hop-Basses. Normalerweise hätte das allein schon
ausgereicht, möglichst schnell zu verschwinden.
Doch ich war neugierig!
Also öffnete ich die Tür und stand in einem
wohnzimmergroßen Raum, der proppenvoll war
und durch einen mindestens zwei Quadratmeter
großen Flachbildschirm beherrscht wurde; dort
tobten sich gerade irgendwelche Rapper oder Hip-
Hopper aus. Unter dem TV war über die Länge der
Raumseite ein Spiegel angebracht, vor dem
Haarschneideutensilien aufgereiht waren, die ich
noch nie in meinem Leben gesehen hatte. In den
beiden Barbierstühlen saßen bereits Kunden; der
eine, zirka achtzehn Jahre alt, hatte offensichtlich
seinen Fan-Club mitgebracht, denn vier oder fünf
gleichaltrige Mädels kommentierten jeden Handgriff
des Friseurs. „Hia muss nowatt app, abba nich so
doll!“ „Abba obn musse die Lockn lassn!“ Fleißig
bemühte sich der Haarschneider die Hinweise zu
berücksichtigen; der, um den es ging, saß
gelangweilt in seinem Sessel und blätterte durch die
„Auto, Motor und Sport“.
Der Typ war „toasted“; es war also ein Elternteil von
dunkler Hautfarbe. Dementsprechend trug er einen
schwarzen Schopf voller kleiner, schwarzer Locken.

Und denen ging es nun ans Leder! Drei, vier Kämmchen schoben die ganze Pracht nach oben, dann setzte der Barbier einen Bart-Trimmer in Gang. Der Bereich unterhalb den Klammern wurde rigoros ab gesenst; ich staunte nicht schlecht – das war unser alter Pisspottschnitt! Dreißig Minuten später sah der arme Junge wie ein gerupfter Wiedehopf aus. Mit ordentlich viel Gel wurden die verbliebenen Haare nach oben getürmt, so dass er schließlich dem „Meerzwiebelkopf" des athenischen Staatsmannes Perikles frappierend ähnlich sah. In meinen Augen nicht unbedingt eine Verbesserung der Frisur!

Seine Mädels stießen jedoch spitze Schreie des Entzückens aus und lobten die Künste des Barbiers. Sofort wurden unzählige Selfies mit dem verunstalteten Kerl gemacht, der offensichtlich mit seinem Outfit zufrieden war. „Ey, dat is domma ne abfetzmäßige B-Boy-Frisur!"

Im Stuhl neben ihm saß oder besser lag ein dreißigjähriger Mann, der sich seinen dunklen Vollbart um ganze zwei Millimeter - "Abba echt nur zwei Millimeter!"- kürzen lassen, sich aber dafür von seinem Haupthaar verabschieden wollte.

Wieder kam der Bart-Trimmer ins Spiel, kannte keine Gnade und legte in sechs oder sieben, raschen Bahnen die Kopfhaut frei. „Genauso isset richtich, Kehr, dat hasse gut gemacht!" lobte der Bartträger seinen Friseur. Mit einem ordentlichen Trinkgeld verabschiedete er sich mit seiner bleichen, pickeligen Glatze.

Spätestens jetzt wäre die Flucht erforderlich gewesen!

Doch ein: „Wärr is Näcksta, bittä?", ein fragender Blick von mir in die Runde, überall Kopfschütteln, ich war „Näcksta". Nun gab es kein Zurück mehr!

Mir wurde die Kreppkrause umgelegt, der obligatorische Umhang, dann blickte mich ein freundliches Gesicht mit braunen Augen an. „Ja also, etwas de Spitzn schneidn un anne Seitn ordentlich ausdünn!" Das Gesicht lächelte weiterhin freundlich, aber es kam keine Kommunikation zustande. „Hasse mitgekricht? Seitn ausdünn, Spitzen bisken kürza!" Wieder ein treuherziges Lächeln und keine Reaktion; als ich schon ein wenig genervt nachfragte „Hömma, bisse schwerhörich oda wat?", eilte aus dem Hintergrund ein weiterer Friseur: „Tschulligung, Kollega nix Deutsch!" Ich erklärte also dem des Deutschen mächtigen Kollegen noch einmal meinen Wunsch, unterstrichen mit eindeutigen Gesten; es folgte die entsprechende Übersetzung – wie ich dachte!

Dann lehnte ich mich zurück und ließ dem Schicksal seinen Lauf. Üblicherweise bin ich gern beim Friseur – das leise Gebrabbel, dem man nicht antworten musste, das vorsichtige Hantieren in den Haaren, zudem noch ein Cappuccino. Meist schloss ich die Augen, erstens, um keine Haarschnipsel in die Augen zu bekommen, zweitens um zu entspannen; so auch hier und jetzt. Der zweite große Fehler!

Als ich nach einiger Zeit den Haarpinsel im Nacken und Gesicht spürte, öffnete ich die Augen, sah in den Spiegel und blickte entsetzt in das brutale Gesicht eines in die Jahre gekommenen Hipster! Meine freigelegten Ohren erinnerten im besten Fall an

Hans-Dietrich Genscher, im schlimmsten an Dumbo, den fliegenden Elefanten. Im Nacken wehte kühler Wind über die radikal gekürzten Haare und mein eifriger Barbier war gerade dabei, die verbliebenen vorderen Haarbüschel mit Haarwachs zu einer eleganten Locke zu formen. Ich stank wie ein Iltis nach all den Wässerchen und Tinkturen, die er mir verabreicht hatte.

Mit einem Ruck stand ich auf, drückte ihm den Umhang und seinen wohlverdienten Lohn in die Hand, nahm meine Jacke und tobte fluchtartig aus dem „Copa Cabana Cut“.

„Hey, Scheffe, du kommen wieda bald!“ wurde mir noch hinterher gerufen. Passanten machten mich auf der Straße belustigt darauf aufmerksam, dass ich noch die Papierkrause um den Hals trug.

Wie gut, dass Haare wachsen!

Mater ecclesia

„Hömma, willze nich auch Stummelträga wern?"
Paul mit Nachnamen Czymzcak oder so ähnlich
stellte mir diese Frage, als wir Rücken an Rücken
standen, um zu sehen, wer der größere von uns
beiden war.
Paul und ich kannten uns seit der Erstkommunion.
„Stummelträger" war die erste Stufe auf der
Karriereleiter eines Messdieners oder Ministranten.
Er war schon in diesem Club. „Wat mussich denn da

machn?" war zuerst meine Frage, bevor ich überlegen und meine Eltern fragen wollte.

Paul klärte mich mit kurzen, knappen Hinweisen auf; vor allem erläuterte er mir begeistert die unbestreitbaren Vorteile, die ein solches Amt mit sich bringt.

Da wir - wie wir festgestellt hatten - gleich groß waren, würden wir wahrscheinlich immer zusammen „auftreten" und – was noch viel wichtiger war – hätten Zugang zum Messwein!

Zum Ankleiden hielten wir uns in der Sakristei auf; in einem abschließbaren Schränkchen, bei dem immer der Schlüssel steckte, befanden sich die Oblaten und der Messwein. Wenn noch kein Kaplan oder Obermessdiener da war, hatten wir freie Fahrt; die Freude am Wein hielt sich allerdings in Grenzen, weil er uns viel zu sauer war.

Einen weiteren Pluspunkt brachte das Amt im Religionsunterricht; ohne durch besondere Leistungen zu glänzen, erhielten wir regelmäßig eine „Eins".

Zudem – und das war wirklich nicht zu verachten! - war das Freizeitangebot der Kirche erste Sahne. Es gab ein eigenes Clubhaus mit Sport-und Spielmöglichkeiten, eine Disco und einen hinter dem Haus gelegenen annehmbaren Bolzplatz. Dort verbrachten wir den größten Teil unserer Freizeit. Natürlich tummelten sich auch dort die „Nicht-Ministranten", so dass wir immer zwei Mannschaften bilden konnten.

Also, wenn es nach mir gegangen wäre, ich wollte

mitmischen!

Als ich mein Ansinnen zu Hause vortrug, blickte mein Vater eher etwas skeptisch, Mutter und Oma jedoch waren begeistert. Mein Weg zu der von beiden erhofften Priesterschaft war vorgezeichnet!

Ich ging also mit Paul zur nächsten Messdienerversammlung und wurde mit Freude aufgenommen; offensichtlich brauchte man Nachwuchs!

Der Kaplan, der die Meute betreute und in ihre Aufgaben einwies, war mir ein wenig suspekt; vielleicht gerade mal dreißig Jahre alt, kleine, weiße Hände wie eine Frau und einem bläulich-schwarzen Bartschimmer. Wenn er vor uns sprach, rieb er sich fortwährend diese für einen Mann untypischen Patschen. Was ihn in meinen Augen geradezu unsympathisch machte, war der einsetzende Besuchsverkehr bei uns zu Hause. Mindestens einmal in der Woche stand er bei uns auf der Matte; Oma war regelrecht glücklich, tischte dem Mann Kaffee und Kuchen auf und plauderte mit ihm über Gott und die Welt – es war wohl doch mehr Gott als die Welt. Oder über ihren Enkel, was dem überhaupt nicht passte!

Vor allem ging es ihm um meine Zukunft; auf sein Anraten sollte ich das humanistische Gymnasium besuchen, da dort Latein, Griechisch und vor allem als AG auch Hebräisch angeboten wurde. Die idealen Voraussetzungen für ein Priesteramt! Er quasselte sie regelrecht zu und meine Mutter – als folgsame Tochter – ließ sich anstecken. Seine Klebrigkeit machte auch vor mir nicht halt; dauernd sprach er mich an, strich mir über die Haare und versorgte mich mit Büchern aus dem Leben von Heiligen.

Aber zunächst sollte meine Laufbahn als Messdiener beginnen!

Paul und ich wurden tatsächlich immer im Doppelpack verpflichtet; zunächst als Stummelträger oder – wie es offiziell hieß – Ceroferar bei Hochämtern führten wir die „Kleinen" an, wiesen ihnen die richtigen Plätze zu und ähnlicher Kokolores.

Mit der Erfahrung wuchsen auch die Aufgaben; so hatten wir jeden Freitag bei der Frühmesse, die für die Nonnen reserviert war, zu dienen. Die standen bereits um 5.30 Uhr vor der Kirche. Weil der Pastor um diese Zeit noch schlief, musste die Messe vom rangniedrigsten Geistlichen zelebriert werden und das war der mit den blau rasierten Wangen.

Alle, die wir da waren–die Nonnen eingeschlossen -, hatten noch vom Schlaf verquollene Augen; ich hatte außerdem noch nicht gefrühstückt, weil ich erst nach der Messe auf dem Weg zur Schule mein Brot essen wollte. Während gerade die jungen Nönnchen verschämt hinter vorgehaltener Hand gähnen mussten, schaute die Schwester Oberin mit blitzenden Brillengläsern streng in die Runde – sie war wohl die einzige, die richtig fit war.

Nun gab es in unserer Kirche eine Besonderheit: wir Messdiener hatten keine Altarschellen wie üblich, sondern einen hellen und einen dunklen metallenen Gong, der mit einem Holzschlegel angeschlagen werden musste. Der Schlegel besaß eine Seite, die mit Leder bespannt war; nur mit dieser Seite durfte der Gong geschlagen werden. Gewöhnlich mussten wir zur Wandlung beim Hochhalten der Hostie und des Kelches zum ersten Mal zuschlagen.

Tja, es war 5.45 Uhr, als die Messe begann, man wusste nicht, ob es noch Nacht oder schon Tag war; der Ablauf gestaltete sich angesichts der frühen Stunde dementsprechend schleppend. Die liturgischen Gebete unseres Kaplans wurden verschwurbelt hingemurmelt, keiner verstand ein Wort. Auch die erforderlichen Antworten der Nonnen klangen seltsam unverständlich; lediglich die harte Altstimme der Schwester Oberin war deutlich heraus zu hören.

Paul und ich waren von der allgemeinen Müdigkeit nicht ausgenommen; da wir diesen Gottesdienst schon etliche Male absolviert hatten, lief bei uns alles ziemlich mechanisch ab. Paul hatte den dunklen, ich den hellen Gong zu bedienen.

Ein dunkler, drei helle und wieder ein dunkler Schlag waren für die Wandlung vorgesehen. Und es passierte, was in Anbetracht des viel zu jungen Tages passieren musste: Paul verwechselte die Seiten seines Schlegels!

Ein ohrenbetäubendes Scheppern erfüllte das Kirchenschiff; die Köpfe der Nonnen mit ihrem Habit fuhren ruckartig in die Höhe, man sah schreckgeweitete Augen. Die Hände unseres Priesters mit der Hostie durchlief ein zittriges Beben und er drehte ein grimmiges Gesicht zu Paul. Der blickte nur verstört auf den Klöppel und zuckte mit den Schultern. In den Mienen der Nonnen spiegelte sich erst Entsetzen, dann Ratlosigkeit und schließlich Belustigung. Es dauerte bis das Dröhnen verklang, dann kehrte wieder die gewöhnliche Routine ein und die Messe verlief wie üblich.

Unserer Karriere tat dieser Vorfall keinen Abbruch! Wir wurden nach einiger Zeit zu Obermessdienern ernannt; das bedeutete, ein Talar, das sich von dem des „Fußvolkes" in der Farbe unterschied, als Überwurf ein besonders aufwendig verziertes Chorhemd. Darüber hinaus besondere Aufgaben: neben dem Altardienst durften wir als Kreuz-, Rauchfass- und Schiffchenträger dienen. In besonderen Fällen wie einem Bischofsbesuch sollten wir Mitra und Stab tragen.

Ab und an durfte ich auch als Lektor fungieren, weil ich gut lesen und sprechen konnte; Paul dagegen nicht! Bei ihm hörte man noch den polnischen Akzent heraus.

Ich mochte diese Rituale eigentlich ganz gerne; doch dann ereignete sich ein Zwischenfall, der meinen Status als Oberministranten und gläubigen Jugendlichen ins Wanken brachte. Bei einem besonders feierlichen und dementsprechend lang andauernden Hochamt waren Paul und ich für Weihrauchfass- und -schiffchen eingeteilt worden. Ein Hochamt wurde nur von unserem alten Pastor durchgeführt und der liebe Weihrauch!

Bei allen erdenklichen Situationen befahl er uns zu sich und legte aus dem Schiffchen ordentliche Schippen Weihrauch in das schon heftig dampfende Fass. Damit es auch schön qualmen konnte, musste das Fässchen heftig geschwenkt werden. Und dann geschah es: der Weihrauch benebelte meine Sinne, mir wurde schwarz vor Augen und nach Pauls Angaben fiel ich wie ein Klotz von den Altarstufen auf den Rücken. Ich weiß nicht, ob er nicht vielleicht ein wenig übertrieben hat, weil ich nichts mit bekommen habe. Jedenfalls wachte ich in der Sakristei auf, einen nassen Lappen auf der Stirn und eine besorgt blickende Nonne. „Mein Junge, wie geht es dir?" „Wat is los? Wat is denn passiert?" Ich war noch total weg getreten. Nach dem Hochamt kam unser Pastor in die Sakristei gestürmt und bölkte als gebürtiger Ruhrpottler los: „Wat is denn in dich gefahrn, du Kappeskopp! Kannze nichma zwei Stundn aushaltn un unsam Herrgott dienn? Dat is dochwo nich zuviel verlangt!"

Erste Zweifel an den Geboten der katholischen Kirche, beziehungsweise ihrer Vertreter regten sich. Was war mit Rücksichtnahme, mit Nächstenliebe? Was war das für ein Diener Gottes, dem es scheißegal war, wie es seinen freiwilligen Helfern ging? Der von mir ehedem geschätzte Klerus bekam Risse und nach und nach die Kirche dazu.

Den letzten Kick zum bevorstehenden Bruch mit dem Katholizismus gab das so genannte heilige Sakrament der Beichte.

Als Acht-oder Neunjähriger fand ich die Beichte ganz prima; die paar „Sünden" ließen sich mit drei „Vater unser" bestens abfeiern. Was heißt schon Sünden – mal die Eltern oder den Lehrer verkackeiert, mal ein Kaugummi geklemmt. Eigentlich alles halb so wild!

So ging man reinen und frohen Herzens aus dem

Beichtstuhl und konnte lustig wieder von vorne loslegen.

Das änderte sich allerdings mit dem Alter und einer Veränderung des „Sündenfalls"; das sechste Gebot kam ins Spiel!

Neben den Ermahnungen durch den uns betreuenden Priesters im Verein der Messdiener gab es den Religionsunterricht an der Schule, der von Priestern oder Mönchen abgehalten wurde.

Dieser Unterricht war kaum mit unserer Lebenswirklichkeit in Einklang zu bringen.

Während dort von „wartender Liebe" die Rede war, dachten wir verzweifelt darüber nach, wie, wann und wo wir ein Mädel vernaschen könnten. Und das möglichst bald!

Besonders die älteren Religionslehrer warnten uns vor dem Gebrauch von Verhütungsmittel; sie wären für uns das Signal zur „sexuellen Enthemmung" und durch sie käme es oft zu einer „unheimlichen Frühsexualisierung".

Wir machten uns oft über die fantasievollen Varianten der Lümmeltüten lustig und haben höchstens „enthemmt" gelacht.

Dann ging es um die „Beschäftigung" mit dem eigenen Körper; wenn wir uns nicht darum bemühten, die Geschlechtskraft zu beherrschen, käme es leicht zu einer sexuellen Fixierung auf die eigene Person. Wir würden zu Sklaven dieses Triebes.

Wie oft hörten wir die Rabaucken aus der Moped-Gang flachsen „Na, heute schon gewichst?" Wir stiegen bald dahinter, was damit gemeint war, und hatten nicht das Gefühl, dass die Bengel sich „versklavt" fühlten. Sie gingen ganz einfach locker mit der Sexualität um. Und wenn wir dann noch hörten, dass wir ja nicht glauben sollten, Selbstbefriedigung sei „ganz natürlich", dann passte dies alles nicht mehr in das Alltagsleben in unserer Straße.

Entweder lebten wir in einer total verdorbenen Welt, oder die katholische Kirche war in ihrem Streben nach Gottesnähe und den damit erwünschten Eigenschaften ihrer Gläubigen der Erde so weit entrückt, dass ihr die Bodenhaftung abhanden gekommen war.

Später erfuhr ich, dass diese Ratschläge zur katholischen Sexualmoral von Dr. Klaus Küng stammten; Küng ist Mitglied von „Opus Dei" und initiierte die österreichische „Bewegung Hauskirche", auf deren Homepage diese Hinweise noch heute zu lesen sind.

Wem auch immer sei Dank, dass wir in den Fächern Philosophie und Geschichte Lehrer hatten, die uns auch andere Wege des Erwachsenenwerdens und der Auseinandersetzung mit unterschiedlichen Denkweisen aufzeigten.

Die Geschichte zeigte uns, dass die heilige, römische Kirche über Jahrhunderte hinweg das von ihren Gläubigen eingeforderte Beachten der „Zehn Gebote" und weiterer Regeln schlicht und einfach missachtet hatte; die Kreuzzüge und Hexenverbrennungen sind nur zwei Beispiele. Wissenschaftler wurden denunziert und verraten. Im Namen Gottes wurde gemordet, verfolgt, bespitzelt und verwüstet!

Und heute?

Die Missbrauchsfälle bis in die Spitzen des Klerus, deren Vertuschung und das Reinwaschen der Beteiligten, hinterlassen vielleicht quantitativ nicht die Zahl der Opfer der Religionsgeschichte. Die Leiden und gebrochenen Lebensläufe sind allemal schlimm genug.

Also, kommt mir nicht damit!

Unser Philosophiefach wurde einem jungen Assessor überlassen; ich weiß nicht, was unser Direktor oder die alten Knacker zu seinem Unterricht gesagt hätten, wenn sie in unseren Bänken gesessen hätten.

Nicht nur, dass er unsere Alltagssprache gebrauchte - "So, Jungs, gezz geht dat hia ant Eingemachte!" -, nein, er behandelte neben den antiken Religionskritikern auch die Protagonisten des 19. Jahrhunderts. Und da fielen schon mal Sätze wie: „Die Religion wurde nun immer stärker als Sammlung von Methoden der Selbstberuhigung, Fremdbestimmung und Herrschaftssicherung angesehen, die es zu überwinden und abzuschaffen gelte.“

Und als er den Empiriker David Hume zitierte, der schon im 18. Jahrhundert konstatierte, „Strafe ohne Zweck und Absicht ist mit unseren Vorstellungen von Güte und Gerechtigkeit unverträglich. Strafe muss nach unseren Begriffen dem Vergehen angemessen sein. Warum dann ewige Strafen für zeitliche Vergehen eines so schwachen Wesens als des Menschen?“, da wurde die uns beigebrachte

Religion immer fragwürdiger.

Die Texte von Immanuel Kant, Ludwig Feuerbach, Friedrich Nietzsche und schließlich Karl Marx, der die Religion als das „Opium des Volkes" bezeichnete, führten bei vielen von uns zum Wendepunkt in unserer Lebensanschauung.

Während des Studiums erfuhr ich, dass der von mir nicht sehr geschätzte Kaplan unserer Kirchengemeinde sein Priesteramt niedergelegt hatte und aus der Kirche ausgetreten war. Er soll geheiratet haben und Vater geworden sein. Ein Glück für ihn, dachte ich; es hätte auch anders kommen können!

Ich war schon seit Jahren kein Mitglied der katholischen Kirche mehr.

Ab und an habe ich Paul getroffen; er war verheiratet, hatte zwei Töchter und arbeitete als Bauingenieur in einer großen Firma. Auf unsere damalige Vergangenheit angesprochen sagte er mir:

„Ach, weisse, ich fand dat toffte, dat ich da mitmischn konnte. Da hat keina gesacht - Ey, du Pollack, schieb ab oda du fängs dir gleich eine! -. Under ganze andre Tinnef wamir sowieso scheißegal!"

T-Shirt oder Hemd

Ein großes Fest stand an; ein runder Geburtstag, der ordentlich gefeiert werden sollte und meine damalige Freundin und ich waren eingeladen. Zur „Anzugsordnung" nachgefragt wurde mitgeteilt: „Naja, nix Dolles, abba schonen bisken wat zum Anlass!" Was immer das heißen sollte!
Merkwürdigerweise hatte meine Freundin überhaupt kein Problem mit ihren Klamotten; eins, zwei Blusen zur Auswahl, vielleicht zu weißen Jeans ein Paar passende Schuhe, die natürlich noch eingekauft werden mussten.
Ich dagegen war ein wenig ratlos; nachdem ich mich schließlich für einen meiner Meinung nach passenden Dress entschieden hatte, kam der Kommentar: „So gehsse mir nich auffe Fete! Is ja nich sonne Sause wie mit deine Kumpels!"
Sie inspizierte meinen Bestand an Hosen, Hemden und wer weiß noch was. „Du hass nix; du brauchs wat Neues! Ich bezahl auch".
Fassungslos starrte ich sie an und hob zu einer Verteidigungsrede an. „Dat kommt allet nich in

Frage! Hemd zu usselig, Hose kannze vielleicht auffen Schützenfest anziehn, abba nich da; und wat is mitte Schuhe? Du willz dochwo nich die altn Treter anziehn?"

Der Drops war gelutscht; wir mussten Einkaufen. Nun habe ich ein sehr ambivalentes Verhältnis zum Einkauf. Bin ich allein unterwegs, dauert die ganze Aktion maximal eine halbe Stunde. Ich weiß immer genau, was ich will, kenne meine Größen und meine Vorlieben.

Das änderte sich urplötzlich, wenn ich mit ihr unterwegs war!

Vorab muss angemerkt werden, dass wir beide mit der Friedens- und Umweltbewegung erwachsen geworden sind. „Ökologie" war ein heiliges Gut und sollte streng gelebt werden. Mit dem Müll, den Lebensmitteln und den Reisen war das kein Problem; wir hatten einen Komposthaufen, kauften vornehmlich biologisch zertifizierte Nahrungsmittel, wenn es ging ohne Verpackung, und verzichteten auf Flugreisen. Und natürlich musste auch die Bekleidung den Kriterien der „Nachhaltigkeit" entsprechen.

Ich habe einzuräumen, dass ich gerade in dieser Beziehung ein wenig nachlässig war!

Schon damals war es üblich, dass man nicht einfach in einen Klamottenladen ging, sondern ein Shopping Center aufsuchte. Allein bei dem Gedanken grauste es mich schon, aber da musste ich durch!

Es ging in die nächstgrößere Stadt, in der sich dieses Factory-Outlet-Center befand; auf der Fahrt wurde heftig diskutiert, was wir nun eigentlich einkaufen sollten. Die Jahreszeit musste berücksichtigt werden; es könnte warm werden – also doch ein etwas hochwertigeres T-Shirt? Besser war wohl ein Hemd, oder? Wir einigten uns schließlich auf ein Hemd, das zu einer meiner Jeans, die ich nach zähem Ringen durchsetzen konnte, passen sollte.

Endlich dort angekommen erschlug mich schon die schiere Größe. Laden reihte sich an Laden, pausenlos irgendein nerviges Musikgedudel und Menschenmassen wälzten sich durch die Passagen.

Zunächst irrten wir vollkommen orientierungslos zwischen Menschen und Schaufenstern umher; eigentlich war uns nicht klar, wo wir beginnen sollten. Schließlich konzentrierten wir uns auf ausgesprochene Herrenbekleidungsfirmen.

Bevor das erste Fachgeschäft angesteuert wurde, verständigten wir uns auf die erforderlichen Kriterien für einen Einkauf: Material aus ressourcenschonendem Anbau, wenn möglich „Bio"-zertifiziert, sozial faire Arbeitsbedingungen bei der Herstellung, kurze Transportwege und noch so einiges mehr. Über den Schnitt oder die Farbe des Hemdes wurde kein Gedanke verschwendet.

Als wir dann das erste Geschäft betraten, wurde mir fast schwindelig bei dem Überangebot von Klamotten. In der Hemdenabteilung angekommen wurde zunächst eine Verkäuferin angesteuert, die auf unsere Frage „Wir suchen ein Hemd für den Herrn hier" zunächst einen abschätzenden Blick auf meine Figur warf. „Ich denke, da kommt Slim Fit oder Modern Fit in Frage", war ihr erster Hinweis. Nun war mir überhaupt nicht klar, was sie damit meinte. Nach der entsprechenden Erklärung warf ich einen skeptischen Blick auf meinen leichten Bauchansatz. „Wennse meinn? Kannich jama ausprobiern!" Doch so einfach und geschmeidig wie ich mir gedacht hatte, lief es dann doch nicht. Hai- oder Kentkragen? Oder doch vielleicht ein Button-down? Wie ist es mit Manschetten? Wie der Schnitt und welche Farbe?

Bevor es also ans Anprobieren ging, mussten natürlich unsere besonderen Anforderungen abgefragt werden. Schon bei den Produktionsstätten „Wir lassen in Pakistan herstellen!" war der Laden aus dem Rennen und meine Freundin zog mich energisch in den nächsten Shop.

Auch dort eine ähnliche Prozedur an Fragen, Hinweisen und Vorschlägen; ging es ans Eingemachte, mussten alle bisher aufgesuchten Hemdenanbieter passen. Bei mir stellte sich nach und nach eine leichte Gereiztheit ein, die darin gipfelte, dass ich sagte: „So, gezz is abba langsam Schluss! Ein mach ich noch mit, dann haun wa wieda ab!" Auch meine Freundin zeigte bereits geringe Erschöpfungszustände, doch war ihre Widerstandskraft nicht zu unterschätzen. „Is gut! Ein machn wa noch!"

Der letzte Laden unterschied sich nicht im Geringsten von denen, die wir aufgesucht hatten. Durch die bereits erhaltenen Informationen, was Größe, Kragen und so weiter betraf, konnten wir gleich unsere Vorbedingungen für einen Kauf formulieren. Als die Verkäuferin uns zunächst verständnislos anstarrte und die verworrene Frage stellte, was wir denn eigentlich hier wollten, präzisierten wir noch einmal mit knappen, aber eindeutigen Erklärungen unser Anliegen. Nach einigen Sekunden des offenbar anstrengenden Nachdenkens leuchtete in ihren Augen plötzlich Erkenntnis. „Ach so! Da hol ich Ihn mal meinn Kollegn! Der hatta sonne Fortbildung gemacht, der kann bestimmt weiterhelfn!"

Wohl erfreut, uns nicht weiter bedienen zu müssen, entfernte sie sich mit einem freundlichen Lächeln und kam mit einem smarten, jungen Mann zurück, der sich offenbar mit Klamotten aus eigenem Bestand hatte ausstatten lassen. Bei seinem Anblick überkam mich eine sofortige Kaufblockade – alles eine Spur zu schick und so gar nicht mein Stil!

„Da habbich doch vonner Kollegin erfahrn, datse ganz spezielle Anforderungn an unsere Produkte ham! Wat wollnse denn genau wissn?"

Meine Freundin betete nun leicht angespannt die ganze Litanei unseres Ansinnens noch einmal herunter. Da überflog ein wissendes Grinsen sein jugendliches Gesicht. „Da sindse bei mir genau anne richtiche Adresse! Ich bin für diesn Shop gewissermaßn der Nachhaltigkeitsbeauftragte. Bevor ich Ihn Ihre Fragn beantwortn werd, entschuldigense mich fürn paar Sekundn; ich werd nur schnell en bisken Infomaterial besorgn!"

Eilig entschwand der Beauftragte; ich stand mit einem Hemd, das ich mir bereits ausgeguckt hatte, etwas ratlos herum. „Wat is denn mit dem hier?"

„Kuck nach, wose dat produziert ham, dann hamwa schoma wat zu fragn!" Ich guckte nach.

Der Verkäufer nahte mit einem Stoß Papier in der Hand.

„Leida darf ich Ihn dat allet nich überlassn; nur fürn internn Gebrauch. Abba Se erfahrn schon allet von mir."

Nun entspann sich eine intensive und konzentrierte Diskussion zwischen meiner Freundin und dem Verkäufer. Ich stand etwas verstört immer noch mit dem Hemd in der Hand bei den beiden. „Wat is nu? Soll ich ma anziehn?" „Ja, mach doch meinetwegn; wenn dat de richtige Größe is, abba gezz lass mich ma weita mit den Herrn hia redn!"

Beim Anprobieren stellte ich nach sorgfältiger Prüfung der eingenähten Pflegehinweise fest, dass das gute Stück seinen Weg aus Venezuela hierher gefunden hat; kam also wohl wegen Transport und Kerosin-oder Schwerölverbrauch nicht in Frage!

Etwas zögerlich unterbrach ich die beiden. „Dat kommt aus Übersee! Dat kannet jawo nich sain!" Doch mein wohl etwas zu zaghaft und vorschnell vorgetragener Einwand wurde mit einem Wortschwall seitens des Beauftragten weggewischt. Da war von Kompensation durch den Ankauf von Regenwald, Errichtung von Schulen in den beteiligten Ländern sowie von sozialverträglichen Löhnen in den Produktionsstätten die Rede. Ich bekam weder von ihm noch von meiner Freundin einen Kommentar zu dem Hemd, das ich mittlerweile rund zehn Minuten trug. Stattdessen wurde die Öko-Bilanz des Unternehmens präsentiert, welche Maßnahmen man bereits in Sachen „Ökologischer Fußabdruck" umgesetzt habe und wie gut die internationale Zusammenarbeit funktioniere.

Etwas ungehalten unterbrach ich noch einmal: „Wat is denn nu? Is dat hia so in Ordnung?"

Regelrecht unwillig stoppten die beiden ihre Debatte. „Ja, dat geht so; vielleicht doch nochma ne andre Farbe? Wat meinn Sie denn?" wurde die Expertenmeinung eingeholt. Irgendwie fühlte ich mich auf einmal wie ein störendes Objekt und eigentlich überflüssig.

Schließlich nahm ich das Venezuela-Hemd und ging zur Kasse. Aus Umweltgründen verzichtete ich auf die angebotene Tüte; schließlich hatten wir entsprechende Taschen mitgenommen.

„So, ich bin dann soweit; könnwa gezz gehn?" Überrascht von meiner plötzlichen Entscheidung löste sich meine Freundin widerstrebend von ihrem Gesprächspartner. Erleichtert über meinen willensstarken Entschluss bewegte ich mich Richtung Ausgang. Sie aber nestelte in ihrer Tasche herum, um zu bezahlen. „Lass ma steckn; habich schon erledigt!"

Jetzt bloß schnell raus!

Sie erklärte mir auf dem Weg zum Auto noch die ökologischen Vorzüge des Hemdenproduzenten, als eine Stimme aus dem Off durch die Passagen hallte: „Frau Schrödder, bitte suchen Sie umgehend unseren Shop Nr.14 auf, Frau Schrödder, bitte zum Shop Nr.14!" Frau Schrödder war meine Freundin, der sofort erst Ratlosigkeit, dann einsetzendes Entsetzen anzusehen war. „Wat is denn los? Wat habich gemacht?" Wir wendeten auf der Stelle, um

erneut in unseren Hemdenladen einzukehren.
„Hasse wat mitgehn lassn, ntürlich unabsichtlich?"
„Bisse bekloppt! Wat soll ich dawo klaun? Dat Infomaterial hatter freundliche, junge Mann doch behaltn!"
Nachdem wir schon eine Strecke gegangen waren, sahen wir den freundlichen, jungen Mann im Laufschritt auf uns zukommen.
„Frau Schrödder, bitte entschuldigense! Sie ham Ihr Portmonä anne Kasse liegn lassn und wir musstn türlich reinkuckn. Is noch allet drin, Geld und Kartn und so!"
Hoch erfreut und sichtlich erleichtert bedankte sie sich; ich aber konnte mir einen leicht hämischen Kommentar nicht verkneifen: „Siesse! Wat musse auch mit den Kappeskopp so lange rumlabern. Gezz hab ich en Venezuela-Hemd und weiß imma noch nich ob dat OK is!"

In der Kunstausstellung oder Werk ohne Name

Ob man es glaubt oder nicht – die Stadt, in der ich geboren wurde, hat für eine Ruhrgebietsstadt eine erstaunliche Kunstgeschichte; bereits kurz nach Ende des Zweiten Weltkriegs gab es im so genannten Saalbau Vorstellungen der Hamburger Staatsbühnen. 1950 organisierte man die Umnutzung eines Hochbunkers für Ausstellungen – für die damalige Kunstszene ein geradezu revolutionärer Schritt. 1965 fanden die ersten Aufführungen der Hamburger Bühnen in einem eigens für diesen Zweck errichtetes Haus statt. Kunst und Kohlekumpel sollten keinen Gegensatz darstellen, sondern eine Kooperation eingehen. Kohlekumpel gibt es nicht mehr, es blieb die Kunst. Doch das ist alles Geschichte!

„Alles was ist"
lautete das diesjährige Thema für eine der vielen Präsentationen in unserer Kunsthalle; Künstlerinnen und Künstler waren aufgefordert, Exponate zu den vier Elementen zu fertigen: Wasser, Erde, Feuer und Luft. Jede und jeder verpflichteten sich, je ein Werkstück zu den einzelnen Phänomenen zu liefern. Ein Kollege und ich waren als Kuratoren für die Ausstellung verantwortlich; wir hatten bekannte und unbekannte Personen aus der Kunstszene für dieses Projekt gewonnen. Ein Abgabetermin und die üblichen Regularien wurden vereinbart.
Besondere Vorgaben wurden natürlich nicht

gemacht – alles war erlaubt: Malerei, Skulpturen, Performances und Installationen und was auf in der Szene zurzeit en vogue war. Thomas, mein erheblich jüngerer Kollege, war entsprechend aufgeregt, obwohl oder weil er als Kurator sehr experimentierfreudig war. „Kehr, du glaubset nich, wie gespannt ich bin!" Auch ich war gespannt, aber aus anderen Gründen; er hatte ein Künstlerpärchen eingeladen, das ziemlich umstritten war und mit seinen Objekten schon einige Skandale verursacht hatte. Aber was soll's – vielleicht ist das Glück ja mit den Mutigen!

Der Abgabetermin rückte näher, und wir hatten tatsächlich schon etliche Exponate einlagern können. Bisher sah es vielversprechend aus – Thomas war begeistert. Wir hatten – dem Thema entsprechend – vier große Räume zur Verfügung und wollten die Wände dezent in den vier Elementfarben streichen lassen. Erstaunlicherweise kamen alle Ausstellungsstücke zeitgenau an; zur Vernissage blieben uns noch vier Wochen Zeit, um zu Hängen und zu Positionieren. Einige Installationen würden kurz vor Eröffnung von den Machern selbst aufgebaut. Für einen Aussteller war dies die spannendste und zugleich nervigste Tätigkeit; manchmal passierte es, dass wir -ohne zu debattieren- für uns den passendsten Platz für ein Objekt oder ein Bild fanden. Es ging aber auch so!
Ich: „Genau da muss dat Ding stehn!"
Er:„Bisse bekloppt! Dat sprengt doch den Gesamteindruck!" -
Nach zwei Wochen waren die Wände genauso

gestrichen, wie wir es uns vorgestellt hatten; alle Exponate hatten ihren Platz gefunden und wir machten uns an die Ausrichtung der Beleuchtung. Zum Schluss ging es um die Beschriftung der Objekte, die ebenfalls immer Anlass für eine heftige Kontroverse war; rechts oder links vom Exponat, in welcher Höhe, welcher Schrifttyp -aber auch das wurde schließlich einvernehmlich geregelt!

Zudem überlegten wir, ob wir die Fußböden den Elementen anpassen wollten; von einem der beteiligten Künstler hatten wir erfahren, das er für den Bereich „Wasser" eine entsprechende Installation anfertigen wollte. Für das Element „Erde" hatten wir vorgesehen, dass wir den Boden mit Sand bedecken – als quasi sinnliche Erfahrung des Elementes. Es würde also passen!

Allerdings hatten wir nicht an unsere Abteilung „Housekeeping" gedacht; in den folgenden Dienstbesprechungen mussten wir ordentlich Zoff einstecken: „Macht doch eurn Dreck alleine wech! Der Modder wirdoch durch dat ganze Haus getragn – is dochwo ne total bescheuerte Idee von euch!" Auch als Ausstellungsmacher musst du einiges aushalten – doch die Kunst befiehlt!

Jetzt stand die Vernissage vor der Tür! Es war ein Sonntag, 11 Uhr, und die Leute strömten in die Kunsthalle. Ein kleines Buffet und eine Sektbar waren bereit gestellt worden, so dass sich die Gäste vor der Eröffnungsrede unseres Direktors stärken konnten. Thomas und ich -in feinem Zwirn- mischten uns unter das Publikum und hielten Smalltalk.

Dann kam der Auftritt unseres Chefs! Nun kann man die Eröffnungsrede für eine Vernissage dazu nutzen, um auf das Besondere einer Ausstellung oder der Künstlerinnen und Künstler hinzuweisen, oder -ganz anders- die Gäste in einen abrupten Tiefschlaf zu versetzen. Letzteres gelang unserem Direktor immer öfter! Er schwadronierte über die „Magie des Augenblicks", tobte vom Realismus über Pointillismus zum Fauvismus eines Henri Matisse, vergaß nicht die Dadaisten und Surrealisten, streifte Pop- und Opart und landete schließlich bei der Aktionskunst von Joseph Beuys. Wir konnten ältere Gäste beobachten, die sich verstohlen nach einer Sitzgelegenheit umsahen, sich seufzend setzten und nach einer Weile ergebungsvoll die Augen schlossen. Diethardt, ein mir bekannter Künstler, der neben mir stand, stieß mich mit dem Ellbogen an und meinte: „Hömma, hab gannich gewusst, watich mir so allet bei meim Bild gedacht hab!"

Nach einer guten halben Stunde kam Chef dann endlich zum Ende; das Publikum klatschte höflich, einige schreckten von ihrem Nickerchen auf, andere hatten schon vier bis fünf Flöten Sekt intus und gaben passende oder unpassende Wortbeiträge ab. Mit dem Spruch „Hiermit eröffne ich die diesjährige Ausstellung" kam Bewegung ins Publikum. Es waren Personen aller Couleur vertreten; die ausgeflippten Künstler mit löcherigen Jeans, Rauschebart, fettigen, langen Haaren und T-Shirts mit abgefahrenen Applikationen oder Sprüchen, die dazu gehörigen Frauen barfuß, bunten, wallenden Maxikleidern und breitkrempigen Strohhüten auf der zotteligen Mähne. Dann gab es die ewig „Verdächtigen", die auf jeder Vernissage erschienen, in dezent-unauffälligem, dunklem Look mit Lesebrille und Programmheft. Und schließlich auch die so genannten „Kunst-Affinen"; die Herren in schwarzen Hosen, entweder schwarzem Rollkragenpulli oder schwarzem Hemd, dann aber mit weit geschnittenem Jackett, dazu hellbraune Budapester Schuhe, natürlich rahmengenäht und von Hand gearbeitet, einem ebenfalls weiten, schwarzen Kutschermantel sowie dem obligatorischen Schlapphut. Die Damen auf roten High-Heels mit schwarzen Netzstrümpfen, einem hautengen schwarzen Minirock, einer weiten, roten Bluse mit einem Ausschnitt, der fast bis an den Bauchnabel reichte, fingerless-Lederhandschuhen und natürlich einer Versacebrille, die wohl nur zu Dekorationszwecken getragen wurde; ein dick aufgetragenes Make-up sowie reichlich Schmuck vervollständigten das Outfit der selbst ernannten Kunstkennerin.

Man ging in Grüppchen, paarweise oder allein durch die Räume, fachsimpelte, schüttelte Köpfe, lachte oder blieb - offensichtlich tief getroffen - minutenlang sinnend vor einem Objekt stehen. Es war also wie immer!

Thomas und ich -durch Namensschilder als Mitarbeiter des Hauses zu erkennen- erklärten, gaben Hinweise zu Biografien der ausstellenden Künstlerinnen und Künstler, vermittelten Gespräche mit den anwesenden Kunstschaffenden und halfen bei Fragen so gut wir konnten.

Ich konnte feststellen, dass wir mit dem Thema und den Werken ins Schwarze getroffen hatten; es entspannten sich lebhafte Diskussionen. Ein Großteil der Gäste erstaunte, dass viele Exponate einen Zusammenhang der Elemente mit dem drohenden Klimawandel herstellten, dass die vermeintlich unerschütterbaren Elemente durch menschliches Dazutun eine Veränderung erfuhren und dass Kunst auch heute noch politisch sein kann.

Ich beobachtete ein Pärchen im angeregten Gespräch vor einem Objekt. Es stand vor einem recht großen Quader, der aus acht Säulen gebildet wurde; die Säulen verjüngten sich in der Mitte und waren in zwei Viererreihen angeordnet. Das Material bestand aus dunkelbraunem Polypropylen; die obere Seite des Quaders bedeckte eine Holzplatte, die mit dunkelblauem Nadelfilz bespannt war.

„Ich denke bei diesem Objekt an Maciunas Spruch – Alles kann Kunst sein, und jeder kann sie machen -; ich würde ja die erdfarbenen Säulen natürlich dem Element Erde zuordnen, wobei mich die blaue Bespannung, die ja an Himmel, Luft oder vielleicht doch Wasser erinnert, etwas irritiert, was meinst du denn?" so die Frau im schwarzen Overall mit den streichholzkurzen, weißen Haaren zu ihrem Partner.

„Du denkst an Fluxus, Schatzi, nicht wahr?" fragte der Angesprochene zurück. Dabei strich er sich grübelnd durch den mächtigen Bart; er war ein wenig zu jugendlich auf Hipster getrimmt.

„Ich tendiere eher zur Arte povera! Der Gebrauch der Materialien für dieses Objekt erinnert doch mehr an H.A. Schultest „Trash People" auf dem Domplatz in Köln, du erinnerst dich noch? Also Trash als eine ästhetische Kategorie der Postmoderne, könnte auch sein, oder?"

Beide umgingen den Quader einige Male, weil sie offenbar etwas suchten. Ich ging auf sie zu und fragte, ob ich helfen könnte.

„Sagen Sie, guter Mann, dieses Exponat hat keine Beschriftung; wir würden gerne mehr über die Künstlerin oder den Künstler erfahren, welche Materialien er oder sie benutzt hat, Entstehungsjahr und so weiter."

Die beiden standen vor einem unserer Sitzmöbel!

Nomen est omen
oder nur
Schall & Rauch

Der römische Komödiendichter Plautus benutzte diesen Begriff, um vom Namen einer Person auf deren Charakter zu schließen.

Deutlich wird dies später in der Namensgebung verschiedener Figuren aus der Comic-Serie „Asterix

und Obelix"; wenn dort ein Zenturio mit Namen
Crassus Corruptus auftaucht, oder ein Legionär, der
Tullius Destructivus heißt, weiß die Leserschaft
ziemlich schnell, welche Typen sie vor sich hat.
Doch bei mir und meinem Namen ist alles anders!

Als ich im Prosper-Hospital nur durch den
Kunstgriff des Kaiserschnitts das Licht dieser Welt
erblickte, hieß ich Tekotte mit Nachnamen. Dies war
der Name meiner Mutter, die mich als uneheliches
Kind auf die Welt brachte; es war also üblich, dass
der Name des Kindes mit dem der Mutter identisch
war. Der Erzeuger tauchte erst einmal nicht auf.
Die „Tekottes", wohl ursprünglich einmal „te
Kotten", also der oder die vom Kotten, sprich kleine
Kate oder einfaches Haus, stammten aus einer
Bauerndynastie nahe der holländischen Grenze.
Ich sollte fast ein Jahr diesen Nachnamen tragen, bis
meine Eltern heiraten „durften". Arbeit und
Herkunft meines Vaters waren nämlich nicht
standesgemäß. Als Metzgergeselle verdiente er nicht
genug für die kleine Familie und dann hieß er noch
mit Nachnamen „Trakowski"! Für die Eltern meiner
Mutter war dieser Name eindeutig polnischer
Herkunft – ein absolutes No-go für standesbewusste
Westfalen!
Angeblich soll aber der Name aus dem Baltischen
von „Trakas" gleich Lichtung oder Sumpf stammen;
die Endung -ski oder -sky wäre ein aus dem
Slawischen übernommenes Suffix, was demnach für
eine ostpreußisch-masurische Herkunft sprechen
würde. Mir als einjährigem Rotz war es wohl

ziemlich egal!

Als Vater dann auf dem Pütt arbeitete und der Lohn stimmte, war der neue Name auf einmal nicht mehr wichtig.

Ich lebte also bis zum 24. Lebensjahr mit diesem Namen. Als Kind und auch als Jugendlicher hatte ich es mit ihm nicht immer leicht. Zwar lebten im Ruhrgebiet eine Masse Leute mit ähnlich klingendem Namen, doch wenn du auf ein humanistisches Gymnasium gegangen bist, mit Kindern aus einer ganz anderen gesellschaftlichen Schicht zusammen gesessen hast, dann kamen auch schon mal Sprüche wie „Na du Pollack, wohl wieder mal Schmalz auf deinem Pausenbrot?“ Später merkte ich, dass diese Sprüche von Flachpfeifen geäußert wurden, die mit Ach und Krach ihre Schullaufbahn absolvierten, so dass es nicht schwer fiel, süffisant mit intellektueller Überlegenheit zu kontern. Es kam zu einem gedanklichen Schlagabtausch, ohnedass je an eine Konsensfindung gedacht wurde. Wie wir als Kinder und Jugendliche nun mal so waren!

Im jungen Erwachsenenalter spielte die Namensgebung keine Rolle mehr und diese Sprüche blieben glücklicherweise eine Seltenheit. Es blieb bei Spitznamen, die dann aber auch ihre Bedeutung hatten! Denn sie bedienten sich tatsächlich der lateinischen Redensart „Nomen est omen“; mich rief man zum Beispiel „Steichel mit den Deputies“. „Steichel“ stand für langer Schlacks mit dünnen Beinen; die „Deputies“ waren damals eine angesagte Jeans-Marke. So wurde mit dem Spitznamen nicht gerade der Charakter, aber schon besondere, physische Merkmale beschrieben.

Mit zunehmendem Alter verschwand auch dies Phänomen.

Während meines Studiums hatte ich ein Praktikum in einem privaten Kinder- und Jugendheim zu absolvieren; die Leiterin – selbst unverheiratet und kinderlos – war mir so zugetan, dass sie in Aussicht stellte, mir und meiner Schwester die Einrichtung nach unserer Ausbildung zu überlassen. Dass die Aktion nicht gänzlich selbstlos war, merkte ich am Pachtvertrag und ihrer eindringlichen Bitte, uns adoptieren zu wollen! Erst später war klar, dass sie keine überschwänglichen Muttergefühle uns gegenüber hegte, sondern schlicht und einfach die Erbschaftssteuer sparen wollte. Uns war die so genannte Adoption ziemlich schnurz; die Aussicht auf ein spannendes Arbeitsfeld reichte aus, um zu zustimmen.

Und so kam ich zu meinem dritten Namen! Meine neue Namensgeberin hieß Wentzel; auch diesen Namen kann man in den osteuropäischen Raum verorten. Wahrscheinlich ist er die eingedeutschte Form des böhmischen Nationalheiligen Wenceslaus. Allerdings ist er auch in den niederländischen Provinzen recht verbreitet.

Nun war ich Träger des furchterregenden Wortungetüms „Wentzel-Trakowski"!

Ab 1976 galt die freie Wahl des Ehe- und Familienname; da aber mein Doppelname aufgrund einer Adoption zustande gekommen war, wurde er wie mein Geburtsname behandelt. Nun wurde es kompliziert!

Als emanzipierte Frau wollte meine erste Ehefrau entweder ihren Namen behalten oder zumindest im Familiennamen unterbringen. Bei der letzten Variante würde unser Ehename folglich Wentzel-Trakowski-Wiedemeyer gelautet haben. Das war dann doch des Guten zu viel!

Als unsere Ehe nach dem berühmt-berüchtigten siebten Jahr geschieden wurde, hatte sie nichts Schnelleres zu tun als ihren Mädchennamen wieder anzunehmen. Konnte ich nachvollziehen!

Nun ergab es sich, dass ich mich einige Jahre später an eine zweite Heirat herantraute. Wieder stellte sich die Frage nach dem Ehenamen; doch diesmal räumten wir auf! Wir entschlossen uns, den Mädchennamen meiner zweiten Frau zu wählen. Wir hießen also ab sofort „Bothe"!

Nun konnte ich zwischen zwei Bedeutungen wählen:

entweder war der Name vom germanischen Rufname „Bodo" abgeleitet, oder es handelte sich um die Benennung nach dem Beruf zu mittelhochdeutsch „bote" oder mittelniederdeutsch „bode" - beides bedeutete eben Bote, Gerichtsbote, Dienstbote und so weiter.

Ich war erleichtert! Unterschriften gestalteten sich plötzlich einfach und schnell, Telefonansagen wurden übersichtlich und es entfiel „Können Sie mir bitte den Namen noch einmal wiederholen?"

Und was soll nun diese ganze Geschichte?

Einmal: wer kann in seinem Leben schon auf vier Namen zurückblicken?

Zu anderen: am eigenen Leib habe ich festgestellt, dass es sowas von egal ist, Azikiwe, Hernandez, Yildiz oder Bertrand zu heißen. Das interessiert höchstens das Einwohnermeldeamt!

Was sich auch immer aus onomastischer oder etymologischer Sicht hinter unseren Namen verbirgt, hat keine Bedeutung für die Beziehungen zu unserem Nachbarn, dem Kumpel, dem Chef oder wem auch immer. Der Verzicht einiger prominenter Adeliger auf die volle Nennung ihres Namens mag für den einen oder anderen Koketterie sein; doch er macht die Absicht deutlich, als Person, als Mensch mit seinen ganz individuellen Eigenschaften wahrgenommen zu werden. Verfolgt man die etymologische Bedeutung der Redewendung „sich einen Namen machen", so reduziert sich dieser Ausdruck heute auf die Beschreibung von Erfolg oder Misserfolg, Leistung oder besonderes Engagement im beruflichen oder sozialen Bereich.

Für meine Vita gilt jedenfalls das „Faust"-Zitat: „...Nenn es denn wie du willst...Ich habe keinen Namen. Dafür! Gefühl ist alles; Name ist Schall und Rauch, umnebelnd Himmelsglut."

Fünf Freunde und vierzig Jahre

Es war zu erwarten, aber dennoch ein Schock. Die Frau eines der Fünfen rief mich an und teilte mit, dass ihr Mann, unser gemeinsamer Freund, nach relativ kurzer, aber schwerer Leidenszeit gestorben war. Er war derjenige, der mir in all den Jahren in zeitlicher Verzögerung immer nachgezogen ist, bis auch er an der schleswig-holsteinischen Westküste ansässig wurde. Es war nicht unbedingt die dicke Freundschaft unserer Jugendzeit, die uns über die Jahre hin verband. Jeder hatte ja seine eigene Lebensplanung, hatte geheiratet und war Vater geworden.

Doch trafen wir uns fast regelmäßig jeden Mittwoch, wenn in unserem Dorf Markt abgehalten wurde, zu einem Kaffee und plauderten über Arbeit, Kinder und Fußball.

Diese große Leidenschaft -das Pöhlen- hatte er aus dem Ruhrpott mitgenommen; da die Entfernungen zum BVB nun doch zu groß waren, als dass man „Live" hätte dabei sein können, begnügten wir uns mit einer ausgesprochenen Sympathie zum FC St. Pauli und er verpasste kein Heimspiel der Kiez-Kicker. Er war bei unseren samstäglichen Bolzereien im Ruhrpott immer der Ausputzer und trug grundsätzlich keine Fußballschuhe, sondern seine berühmt-berüchtigten, schwarz-weißen Turnschlappen. Trotzdem ging er knochenhart zur Sache! „Weisse noch, wie ich eima den Benek sein Standbein erwischt hab als der gerade richtich ein abziehn wollte? Kehr, wat ham wia gelacht!" Es war wirklich zu komisch, wie Benek ein gewaltiges Luftloch fabrizierte.

Obwohl er ein Mädchen aus der Landschaft geheiratet hat, seine Kinder hier geboren wurden, hat er seine unausgesprochene Liebe zum Ruhrgebiet behalten. Inmitten der hier üblichen plattdeutschen Mundart sprach er weiterhin den Ruhri-Slang; mich hat es immer gewundert, wie er mit dieser Sprechweise eine so erfolgreiche Kundenakquise als Online-Banker hinbekommen hat.

Ich weiß nicht, ob er sich hier wirklich wohl gefühlt hat; er ist in den letzten Jahren ein rastloser Mensch geworden. Wenn er an den Samstagen nicht am Millerntor bei St.Pauli war, fuhr er kreuz und quer durch Schleswig-Holstein, nur um irgendwo einen Kaffee zu trinken und ein Stück Kuchen zu essen. Obwohl ausgesprochener Familienmensch verbrachte er eher selten seine Zeit mit Frau und Kindern.

Was mir vor allem in Erinnerung blieb, war seine kichernde Lache, die er trotz allen Leidens bis zum Schluss behielt. Wenn wir früher in der Runde den Joint kreisen ließen und er begann, vor sich hin zu glucksen, wussten wir, dass der Stoff gut war.

Und da kam der nächste Kumpel ins Spiel!

Wir brauchten natürlich für unsere Kifferzusammenkünfte einen sicheren Ort, und er war bis dahin der einzige, der über eine eigene Wohnung verfügte. Dies hatte einen besonderen Hintergrund; er „musste" heiraten! Die Beziehung zu seiner Freundin hatte Folgen. Hätte es nicht die besondere Ruhrgebietsmentalität gegeben, hätte die Angelegenheit einen durchaus tragischen Verlauf nehmen können. Die Eltern seiner Freundin waren erzkatholisch, er ging noch auf die Penne. Eine denkbar ungünstige Konstellation! Doch da gab es diesen Zusammenhalt der Familien, einen äußerst wohlwollenden Arbeitgeber seiner Freundin, die trotz Schwangerschaft weiterhin beschäftigt wurde und auch nach der Geburt der Tochter weiter arbeiten konnte, und natürlich uns! Die junge Familie bezog eine Wohnung direkt in der Nachbarschaft und folglich schlugen wir dort regelmäßig auf.

Wenn dann der Spruch kam „Ey, ich hab einn mordsmäßig gutn Schwattn Afghann aufgetan, ihr müsst unbedingt kommn!", fanden wir uns alle in seinem Wohnzimmer ein – nicht immer zur Freude seiner Frau! Doch wenn sie sah, wie wir mit ihrer kleinen Tochter spielten und Faxen machten, war alles wieder paletti!

Dann wurde die schwarz verkohlte Meerschaumpfeife mit dem in Stanniol eingekleideten Kopf heraus geholt und der Shit wurde gequarzt. Die Stimmung war nicht nur wegen des Haschischs immer bombig, wir verstanden uns auch so gut und des Öfteren zogen wir noch anschließend um die Häuser.

Ein weiteres Bindemittel war die Musik; wir hatten so ziemlich den gleichen Geschmack, hörten den gängigen Rock bis zur Schmerzgrenze und besuchten die Konzerte in unserer Veranstaltungshalle.

Und jetzt war der nächste dran!

Natürlich wollten wir musikalisch mitmischen, obwohl wir nicht überragend von der Muse geküsst worden waren. Es wurde dennoch heftig geübt; ich traf mich regelmäßig mit einem der Vieren zum Gitarrenspiel. Ein Zimmer der Wohnung meiner Oma wurde nur zu ihren Damenkränzchen und größeren Feiern benutzt; dort durften wir proben. Und wenn dann eine Zigarettenpause eingelegt wurde und wir über Akkorde und den korrekten Anschlag stritten, trat Oma auf den Plan. „So, ihr Jüngsken, hia habt ihr wat zur Stärkung! Müsst jawo auma die Kehle bisken schmiern, wat?" Da stand sie in der Tür, ein Tablett in der Hand, auf dem eine kleine Flasche Malaga, zwei ihrer besten Weingläser und etwas Gebäck standen. „Ach Omma, lass doch! Dat wär doch nich nötig gewesn." Mir war es immer ein wenig peinlich, doch sie ließ sich nicht abhalten, uns mit dieser Aufmerksamkeit zu beglücken. Ich muss aber auch einräumen, dass dann die Probe im Laufe der nächsten Stunde einen interessanten Verlauf nahm. Da wurde plötzlich nicht nur „gecovert", sondern es entstanden recht eigenwillige Kompositionen.

Zum Glück gab es in unserem Bekanntenkreis jemanden, der tatsächlich etwas von Musik verstand und zudem noch über eine E-Gitarre verfügte. Wir sprachen mit ihm über unsere bevorstehende, glänzende Musikerkarrieren und er erklärte sich bereit, uns in unseren Bemühungen zu unterstützen. Bald hatten wir auch einen Übungsraum über einer Garage ausfindig gemacht, in dem wir es ordentlich „Krachen" lassen konnten.

Doch es haperte an allen Ecken und Kanten; mal stimmte der Schlagzeugeinsatz nicht, mal bekam unser Leadgitarrist ein Solo nicht in den Griff. Ich bin mir ziemlich sicher, dass wir lediglich einen einzigen öffentlichen Auftritt starten konnten.

Letztlich verliefen unsere Anstrengungen im Sande; nur unser Mann mit der E-Gitarre blieb am Ball und besitzt heute noch acht verschiedene Elektrogitarren. Auch das bis zur Verzweiflung geübte und nur grottenschlecht interpretierte Beatles-Gitarrensolo beherrscht er heute perfekt. Uns anderen blieb bloß der Fußball!

Zum Schluss dann der älteste in unserer Runde!

Wir haben in unserer Jugendzeit so ziemlich alles gemeinsam gemacht; den „Hängenbleiber" in der Schule, die ersten Zigaretten gepafft, ziemlich zeitgleich unsere ersten Mädels gehabt und natürlich zusammen gepöhlt. Alle wohnten wir in unserem kleinen Viertel, so dass die Wege, um sich zu treffen, kurz waren.

Die Schulferien nutzten wir unterschiedlich; je nach Kassenlage wurden die Reiseziele ausgeguckt. Ich hatte in den Sommerferien einen Aushilfsjob auf dem Bau ergattern können; eine Knochenmaloche, aber gut bezahlt! So konnte ich meinen Kumpel überreden, ein paar Tage abzuhauen. Wir entschieden uns für einen kurzen Zelturlaub auf Spiekeroog.

Der Sommer war perfekt; wir brauchten nur wenig Klamotten, wollten dafür einen schnell erworbenen Grill mit einpacken. Schließlich würden wir ja Selbstversorger sein! Doch dieser Grill hatte es in sich; er war zwar nur knapp vierzig Zentimeter hoch, das Rost hatte lediglich einen Durchmesser von fünfunddreißig Zentimetern, doch das ganze Monstrum war aus Gusseisen und schwer wie ein Amboss! Zudem ließ er sich nicht auseinander bauen; lediglich der Grillrost war mobil. Er hatte die Form eines kleinen Fasses, so dass ein Verstauen im Rucksack eine Herausforderung war. Als wir Zelt und Iso-Matten möglichst platzsparend zusammen geschnürt, unsere paar Plünnen dazwischen gestopft hatten, fehlte nur noch der Grill!

Unsere Rucksäcke sahen schließlich aus, als wollten wir an einer Himalaya-Expedition teilnehmen. Aufgrund des gravierend unterschiedlichen Gewichts unseres Transportguts beschlossen wir einen turnusmäßigen Wechsel der Gepäckstücke; wir mussten uns gegenseitig veräppeln, weil der „Grillträger" dem Glöckner von Notre Dame frappierend ähnlich sah. „Kehr, de Quasimodo wada ja nochen Schmuckstück, wennich dich so ankuck!" Zu dem Rucksackbuckel kam durch die schmerzende Rückenmuskulatur ja auch noch das verzerrte Gesicht des Trägers.

Schließlich saßen wir im Zug Richtung Esens. Von dort ging es mit dem Bus zum Fährhafen Neuharlingersiel. Dort angekommen rochen und schmeckten wir schon die Nordsee. Mit einem Bierchen auf der Fähre kam trotz lädierter Wirbelsäule endlich auch die Urlaubsstimmung. „Hömma, den Grill werdn wa bis zum Abwinkn kokeln lassn; morgens un abends! Wir grilln wat dat Zeugs hält! Un wenn wa abhaun, bleibt dat Scheißding hia!" Genauso wollten wir es machen.

Auch die letzten Meter zum Zeltplatz schafften wir noch, als wir auf der Insel ankamen. Knapp hinter den Dünen gelegen, mit einem Kiosk für alle Fälle und einem eigenen Strandabschnitt hatten wir ein richtig gutes Schnäppchen gemacht. Später kamen wir dahinter, dass die Inselbahn auch am Zeltplatz einen Stopp einlegte und wir so auch ohne langen Fußmarsch ins Dorf gelangen konnten.

Die erste Tat auf der Insel war die Beschaffung von Grillkohle; für die Auftaktmahlzeit kamen dann noch zwei Dosen Eier-Ravioli und ein Sixpack Bier aus dem Kiosk dazu. Es stellte sich heraus, dass der Grill auch für das Aufwärmen von Dosengerichten geeignet war – vorausgesetzt, man war nicht allzu hungrig und hatte ein gutes Buch zur Hand. Es dauerte ewig bis das Wasser in unserem Campingpott die gewünschte Temperatur hatte, ebenso lange das Wärmen der Ravioli, aber wir hatten ja noch unser Bier. Bei lauwarmen Ravioli und leider ebensolchem Bier ging der erste Inseltag mit einem grandiosen, fast kitschigen Sonnenuntergang zu Ende.

Nach den Erfahrungen mit dem Grill als Kochplatte verzichteten wir am nächsten Morgen auf den mitgebrachten Nescafe; wir wollten ins Dorf, dort ein anständiges Käffken trinken und die nötigen Lebensmittel einkaufen. Nach dem Motto „Bauchfleisch ist auch Fleisch" besorgten wir uns alle möglichen Varianten von grillfähigen Schlachterzeugnissen. Am Zelt wieder angekommen stellten wir fest, dass wir die nötigen Grundnahrungsmittel wie Brot, Käse und Milch in unserem Grillwahn total vergessen hatten. Wir liehen uns von unseren Zeltnachbarn ein wenig Brot; als sie unsere Grillabsichten bemerkten, gaben sie uns gnädig noch zwei Zwiebeln und eine Paprika dazu. „Sonne Spinnewipps wie ihr brauch doch wat Ordentlichs zwischn de Kiemn. Nu haut ma richtich rein!" Sie kamen aus Waltrop und schon fühlten wir uns heimisch! Der Grill gab sein Bestes und wir spachtelten große Lappen Bauchfleisch, die auf dem Rost wunderbar knusprig wurden. Doch leider hatten wir auch Salz und Pfeffer vergessen!

„Na, ihr Dösköppe, woen bisken vonne Mama verwöhnt? Lasst euch allet hinter hertragn, wat? Naja, woma nichso sain, hia habter en richtich gutet Grillgewürz, abba wieda zurückbringn!"

Es entwickelte sich eine etwas schwierige, aber herzliche Zeltnachbarschaft. Wir waren die Blödmänner und sie die Profis – und das ließen sie uns immer gerne spüren!

Wir liefen den ganzen Tag nur in Badehosen durch die Gegend, gingen Schwimmen, wenn wir Lust hatten, oder ließen uns die Sonne auf den Bauch scheinen. Während im Kohlenpott unser Tagesgestirn höchstens als schemenhafte, gelblich-bleiche Kugel zu sehen war, und wir dementsprechend als blässliche Gestalten daher kamen, waren wir hier auf der Insel der geballten und ungefilterten Macht der UV-Strahlen ausgesetzt. Sonnenbrand in allen Stärkegraden und Modifikationen war die Folge! Meinen Kumpel erwischte es am heftigsten auf der Nase; sie schwoll rotviolett und pustelig an, erinnerte ein wenig an eine Aubergine und war fortan das bestimmende Merkmal in seinem Gesicht. Letztlich half nur noch der Gang in die Apotheke, wo er eine Salbe erstand, die ihn als Unikum an unserem Strandabschnitt markierte. Es muss wohl eine Zinkverbindung mit überaus hartnäckiger Konsistenz gewesen sein, die sein Riechorgan fortan schmückte – strahlend weiß wie ein für den Karneval geschminkter Tapir! Natürlich bekam er die hämischen Kommentare unserer Zeltnachbarn zu hören.

Die Zeit verging –wie immer im Urlaub - viel zu schnell. Wir machten uns auf den Rückweg und – Du glaubset nich! - voller Rührung über seinen selbstlosen Einsatz von früh bis spät nahmen wir unseren total verdreckten und verrußten Grill trotz gegenteiliger Vereinbarung mit ins Ruhrgebiet. Dort passte er wenigstens in die damalige Landschaft!

Dann bemerkte ich eine schleichende Erosion in unserer Gemeinschaft; sicher spielte es eine Rolle, dass jeder einen Studienplatz in einer anderen Stadt erhielt und sich die rein physische Nähe auflöste. Man würde sich ja in den Semesterferien wiedersehen -so dachte wohl jeder stillschweigend. Vielleicht war es auch das Ende unserer Sturm- und Drangzeit. Unser junger Vater hatte eine besondere Verantwortung zu tragen und wir anderen sahen uns vor den vermeintlichen Ernst des Lebens gestellt.

Was war passiert? Hatten wir etwa die Tragfähigkeit unserer Freundschaft überschätzt? Es war gar nichts passiert!

Ich habe bis heute keine Erklärung dafür, dass wir uns fast vierzig Jahre nicht sehen sollten!

Als ich schon an der Nordsee wohnte, gab es noch einmal ein gemeinsames Treffen; die Vier haben auf der Durchreise nach Norwegen einen Stop bei mir gemacht und bei der gewohnten Quatscherei musste eine Flasche Johnny Walker dran glauben.

Dann war Funkstille!

Das Sterben und der Tod des einen von uns Fünfen gab dann den Ausschlag; bevor wir alle nach und nach das Zeitliche segnen sollten, wollte ich sie wiedersehen. Durch die alten Kontakte meines verstorbenen Freundes zum Ruhrgebiet hatte ich erfahren, dass die restlichen Drei Mediziner geworden waren. Adressen ließen sich daher schnell herausfinden. So schrieb ich ganz traditionell Briefe an die alten Kumpel. Einer kam unzustellbar wieder zurück, die anderen erreichten ihre Empfänger. Und als dann ein Anruf mit der mir wohlbekannten Sprache „Kehr, ich bin dat doch! Kennze mich denn nimehr?" kam, freute ich mich wie ein Schneekönig.

Schnell war ein gemeinsamer Termin ausgemacht; wir wollten uns zu einem Geburtstag treffen. Einer hatte noch eine Zeitlang im Ruhrpott praktiziert und war dann ins Münsterland gezogen; es lag nahe, dass wir uns dort zu diesem Ereignis wiedersehen wollten.

Ja, wir waren alle in die Jahre gekommen! Da war auf einmal eine Brille, die vorher nicht da war, jetzt graue, dafür aber weniger Haare, Gesichter, die an Fotos erinnerten, die mit einer Alterungssoftware eines Computers bearbeitet wurden - alles Merkmale für den Herbst des Lebens. Meine Bilder der damals Vier- oder Fünfundzwanzigjährigen mussten zwar erheblich korrigiert werden, doch das Erkennen war in Sekundenschnelle wieder da.

Unabhängig von den Plaudereien über damalige Erlebnisse stellte sich eine berührende und anheimelnde Vertrautheit in den Gesprächen ein. Gesten und Mimik gerieten wieder ins Bewusstsein und wirkten wie ein Aha-Erlebnis. Trotz der auseinander gedrifteten Lebenswege war es tatsächlich wie früher! Oder bilde ich mir das nur ein?

Wir vereinbarten jedenfalls, nicht wieder vierzig Jahre vergehen zu lassen, um uns zu sehen.

Womma kuckn, ob dat auch wirklich klappt!

Recklinghausen 9/19

Es stand ein Treffen mit Kolleginnen und Kollegen zu einer Buchpräsentation im Ruhrgebiet an. Ich überlegte lange, ob ich teilnehmen sollte; rund 1000 Kilometer hin und zurück für ein paar Stunden Smalltalk plus Foto-Shooting?
Nach einigem Hin und Her beschloss ich, den Termin zu einem zusätzlichen Abstecher in meine Geburtsstadt zu nutzen.
Recklinghausen hatte ich Jahrzehnte nicht gesehen und war entsprechend gespannt. Es gab die alten Bilder in meinem Kopf - von unserem Haus, unserer Straße und den Menschen, die damals gelebt hatten; natürlich wusste ich, dass ich dies nicht mehr antreffen würde. Doch waren es gerade die zu erwartenden Veränderungen, die es so spannend machten.
Ich buchte ein Zimmer im wohl ältesten Hotel der Stadt, mitten im Zentrum am Marktplatz; meine Wahl fiel deswegen auf dieses Haus, weil ich mich daran erinnerte, dass wir uns des Öfteren in der Kneipe, die sich im Erdgeschoss befand, zu einem Bierchen getroffen hatten - 1968!
In der Vorbereitung zu diesem Trip fiel mir ein schmales Bändchen des Reclam-Verlages aus dem Jahr 1999 mit dem bezeichnenden Titel „Öde Orte" in die Hände; Recklinghausen war dabei. Der Göttinger Schriftsteller Peter Köhler betitelte seine Geschichte „Taubenkotze". Während die

Beschreibungen anderer Autoren humorvoll, ironisch oder auch sarkastisch waren, zeichnete sich dieser Beitrag einfach nur durch seine ordinäre Geschmacklosigkeit aus; allerdings musste ich ihm in einem Punkt Recht geben, wie ich später bei einem Rundgang durch die Altstadt bemerkte.

Ein echtes Schockerlebnis war die Zufahrt auf die Stadt; nicht enden wollende Baustellen, Brückenteile an der Autobahn, die offensichtlich noch verbaut werden mussten, hunderte Meter Lärmschutzwände von fraglicher Schönheit. Mein Navigationsgerät korrigierte die Route im Minutentakt. Trotz Klimadebatte und Dieselskandal war man dabei, eine Landschaft autogerecht mit Milliardeneuro zu verunstalten.

Nachdem ich für die Strecke zu meinem Hotel gefühlt genauso lange gebraucht hatte wie von Münster nach Recklinghausen, begann die Parkplatzsuche. Ich stellte mich in ein absolutes Halteverbot; da es keine anderen Parkmöglichkeiten gab, bot mir der Hotelinhaber freundlicherweise an, das zu erwartende Knöllchen zu übernehmen.

Das Haus konnte ich sofort erkennen; der Treppengiebel war noch da, wo er hingehörte. Lediglich die kleine Kneipe musste einer Restaurantkette weichen, die sich wie ein Krake über die ganze Republik verbreitet hatte. In meiner Erinnerung waren es von hier bis zu meiner Schule maximal fünf Minuten Fußweg; wer von der Innenstadt kam, ging über eine Treppe mit eisernem Tor an der Gymnasialkirche vorbei auf den Schulhof ins Gebäude. Eigentlich konnte man von meinem

Standort den wuchtigen Neo-Renaissance-Bau erkennen; ich bin ein paar Mal daran vorbei gelaufen. Die Schule hatte sich wie ein armer Verwandter mit eingezogenen Schultern neben einem Gold verspiegelten Betonturm versteckt; die Architektur der kleinen Franziskanerkirche wurde durch einen Anbau verschlimmbessert. Neben dem Direktorenbüro hat es nach meiner Erinnerung noch einen Karzer gegeben; vielleicht war diese Vermutung aber auch nur ein Beispiel für die wenig angenehmen Assoziationen an diese Schule.

Ich beschloss meinen alten Schulheimweg zu Fuß zurückzulegen. Über den Marktplatz, heute lediglich eine Ansammlung von Tischen und Stühlen diverser Lokalitäten mit ein paar mickrigen Bäumchen durch LED-Schlangen aufgehübscht, ging es in die Breite Straße – in meiner Kindheit- und Jugendzeit die shoppingmall! Nichts davon zu sehen! Einzig die alte Apotheke hatte noch Erkennungswert. Wie damals die Straße gepflastert gewesen war, wusste ich nicht mehr; heute waren es jedenfalls die bunten Verbundsteine, die man auch in tausend anderen Städten vorfindet. Am Viehtor an der Herner Straße war die Haltestelle der Straßenbahn, die Richtung Hillerheide fuhr. Dann dehnte sich die Zeit! Ich war wieder der pickelige Untertertianer, der mit gesenktem Kopf und ungutem Gefühl auf die Bahn wartete. Im Tornister befand sich eine Griechisch-Arbeit mit einer fetten Fünf.

Doch diesmal blickte ich mit großen Augen, denn es gab keine Schienen mehr. Die Haltestelle aufgelöst. Ich pendelte zwischen Vergangenheit und

Gegenwart. Am Bruchweg suchte ich Altbekanntes und fand lediglich die Straße. Weiter Richtung Schlachthof; ursprünglich machte die Straße dort eine scharfe S-Kurve. Die Straßenbahn quietschte und ratterte um die Biegung, über die der Zug vom Hauptbahnhof auf einer Brücke Richtung Süden fuhr. Auch hier Baustellen; Autos waren ausgesperrt. Lediglich ein Behelfsweg war für Fußgänger und Radfahrer eingerichtet worden. Ein Provisorium ersetzte die alte Brücke, die hilf - und zwecklos wie ein Monolith aus vergangenen Zeiten an ihrem Platz stand – die Schienenverbindungen gekappt, funktionslos, wie ein fauler Zahn in einem neuen Gebiss.

Ich ging weiter und hätte jetzt die Eingangshalle der Zeche General Blumenthal passieren müssen. Doch wo seit 1869 Kohle gefördert wurde, Generationen von Kumpeln ihren Lebensunterhalt verdienten und die Stadt aus ihrem Dornröschenschlaf geweckt wurde, war nur eine deprimierende Brache; ein buntes, überdimensionales Werbeschild bildete den krassen Gegensatz. Hier sollte ein neues Gewerbegebiet entstehen. In einem „Communalbericht" des Kreises aus dem Jahr 1895 heißt es: „Der Kreis Essen repräsentiert die Vergangenheit, Gelsenkirchen die Gegenwart und Recklinghausen die Zukunft". Die neue Werbebotschaft klang angesichts des leergeräumten Areals wie Hohn!

Alte Spuren verwischten. Bilder verschoben sich. Ich sah mich mit meinem Vater, der gerade aus der Zeche von der Morgenschicht kam, ich meine Schule hinter mich gebracht hatte, die Herner Straße Richtung Hillerheide laufen. Manchmal drückte er mir eine Banane oder einen Apfel in die Hand; die Überbleibsel aus seiner Butterbrotdose.

An der Kreuzung Werkstättenstraße-Herner Straße Punkt 7.30 Uhr erschien normalerweise meine Jugendliebe Petra; wir hatten denselben Schulweg. Es dauerte lange, bis ich mich traute, sie anzusprechen und mit ihr zusammen den Weg zu gehen. Bei schlechtem Wetter stieg sie hier in die Straßenbahn.

Bei der Recherche zu meinen Geschichten packte mich die Neugier und ich begann im Internet nach Petra zu suchen. Ich versuchte mir Anhaltspunkte zu verschaffen, nach welchen Kriterien ich wohl suchen wollte. Was könnte aus ihr geworden sein, hatte sie geheiratet, wohnte sie überhaupt noch im Ruhrgebiet? Ich fand eine Petra, Ärztin in Gelsenkirchen. Um sicher zu gehen, stellte ich mir vor, in der Praxis anzurufen. Meine Fragen an die Arzthelferin wären: „Ist Frau Dr. Schmitz schon eine etwas ältere Dame? Könnten Sie mir sagen, ob sie aus Recklinghausen stammt?" Bekäme ich meine Fragen zustimmend beantwortet, stellte ich mir weiterhin vor: es muss eine Lesung mit meinen Geschichten im Ruhrpott geben, ich würde der Praxis den Termin und Ort mitteilen und Frau Dr. Schmitz dazu einladen. Mein Hinweis wäre: „Wir kennen uns seit der Schulzeit". Weiter – die Lesung würde stattfinden, in der Pause stünde ich vor der Tür, um ein Zigarillo zu rauchen, eine Hand würde sich auf meine Schulter legen und eine Stimme

sagen: „Hallo, ich bin Petra aus Recklinghausen, die
mit den kleinen Wäscheklammern an der Bluse!"
All das habe ich nicht getan!
Mir sollte es mit Petra nicht so ergehen wie mit
meinem Geburtsort. Ich wollte sie als die schlanke
Schönheit mit dem Haarschnitt von Julie Driscoll im
Gedächtnis behalten, keine andere Vorstellung
zulassen.
Beim Weitergehen kam plötzlich Vertrautes: das
Hallenbad und die Vestlandhalle hatten
offensichtlich die Jahrzehnte überdauert. Auch die
Wohnblöcke entlang der Straße aus den 1950er
Jahren standen verwittert, aber trotzig und unbeirrt
an ihrem Platz. Das weite, unbebaute Areal
gegenüber - Schauplatz der so beliebten Palmkirmes
- wie aus der Zeit gefallen. Ich spürte anwachsendes
Herzklopfen. Die Herner Straße Nr.129 war nun
schon ganz nah.
An der Ecke Christopherusweg sah ich den
Wohnkomplex von Vaters Pinte. Das Bauwerk, in
dem außer der Kneipe auch Fremdenzimmer und
die Wohnung der Gaststättenfamilie untergebracht
waren, war in seiner Architektur erhalten geblieben.
Lediglich der grell-weiße Anstrich wirkte
aufdringlich neu. Der Schriftzug „Gaststätte
Dröghoff" war verschwunden; das Lokal -
offensichtlich von einem ausländischen Inhaber oder
Pächter geführt - wirkte wie damals schlicht und
bescheiden. Obwohl ich neugierig war, welche Gäste
wohl heute ihr Bier dort trinken würden, bin ich
nicht hinein gegangen.
Es gab zu viel Neues, ich brauchte nicht mehr.

Von Hermanns Pinte aus konnte ich schon erkennen, dass unsere Zechenhäuser - mein Elternhaus- abgerissen worden waren. Ich hatte nichts anderes erwartet, dennoch spürte ich einen wehen Verlust.

Mein Gefühlsleben änderte sich zusehends und ich merke jetzt beim Schreiben, wie hilflos ich bei der Wortfindung bin, wie zäh und klebrig der Weg von der Emotion bis zu ihrer Beschreibung ist.

Ich würde nie mehr unsere Haustür öffnen, die Treppen hochsteigen und in mein Zimmer gehen können; meine Geschichten um dieses Haus steckten nur noch in der Erinnerung.

Bevor ich den ehemaligen Standort unseres Hauses erreichen konnte, musste ich eine Brücke über die so genannte Köttelbecke queren. Ein neues Geländer war angebracht worden; von dort konnte ich einen Blick hinunter werfen. Und da schlugen meine Gefühle Kusselkopp! Dieser Bach war zu meiner Kinderzeit eine betonierte Röhre mit einer gelblich- braunen Brühe, in der die namengebenden menschlichen Ausscheidungen dahintrieben und sich die Wasserratten tummelten.

Jetzt mäanderte ein schmaler Bachlauf mit bepflanzten Uferrändern durch eine naturbelassene Wiese; ich konnte aufgrund des geringen Wasserstandes bis auf den Grund sehen.

Heute macht der Hellbach seinem Namen Ehre.

Gleichzeitig kamen mir die Bilder der sich um die Stadt windenden Betonschlangen und der monströsen Neubauten inmitten der Altstadt in den Sinn. Was ist in den Köpfen der Stadtplaner und Architekten vorgegangen? Wie können Menschen diese selbst geschaffenen Divergenzen aushalten?

In der Psychologie gibt es den Begriff der dissoziativen Identitätsstörung. Steckte letztlich doch Wahrheit in der Schmähschrift von dem „öden Ort" oder ist Recklinghausen gar nicht so exklusiv, sondern überall?

Ich weiß nicht, was ich zuerst verspürte: Wut oder Melancholie, weil ich das, was ich insgeheim erhofft hatte, nicht mehr finden würde? Letztlich war es dann auch egal, dass mein Elternhaus einem der üblichen Betonklötze gewichen war. Es war egal, dass die Menschen von früher nur noch als Geister durch unser Viertel spukten. Auch als ich in die Blitzkuhlenstraße einbog, waren mir die fremden Hausfassaden egal.

Eigentlich wusste ich nicht, warum ich überhaupt weiter gehen sollte. Ich ahnte, was mich erwarten würde. Trotz eines leichten Schwindels und trotz einer sich einstellenden Niedergeschlagenheit erreichte ich schließlich den Gertrudisplatz und ging auf die Kirche zu. Ich wollte sehen, ob es die metallenen Gongs noch gab, die wir Messdiener statt der üblichen Schellen bedienen mussten; ein letzter vergeblicher Versuch. Die Kirchentüren waren verschlossen. Ich setzte mich auf eine Bank; die Suche machte keinen Sinn. Dennoch spürte ich immer noch das „Nichtwahrhabenwollen". Ich war erstaunt über meine Einfalt.

Die Zeit in Recklinghausen war über mich hinweggegangen. Ich gehörte nicht mehr dazu. War mir die Stadt fremd geworden oder war ich der Fremde? Jedenfalls fühlte ich mich wie ein aus der

Zeit gefallene Eindringling in die wirkliche Welt. Die Romantik der Gefühle hatte der Realität Platz machen müssen.

Doch ich hatte ein entscheidendes Moment außer Acht gelassen: die Menschen, die jetzt hier lebten.

Dabei denke ich an die Begegnung der Autorinnen und Autoren, die gemeinsam an diesem Buchprojekt gearbeitet haben. Dies war ja der eigentliche Grund meiner Reise ins Ruhrgebiet.

Ich denke an die ausgeräumte Garage mit dem Taubenschlag, in der wir uns getroffen haben, an das Geburtstagsständchen, das mir von fremden Menschen gesungen worden ist, an die Zugewandtheit von Frauen und Männern, an die anregenden und gleichzeitig vertrauten Gespräche, die geführt worden sind. Sicher haben wir ein gemeinsames Interesse durch die Aufgabenstellung der Publikation gehabt; doch der rege und ungezwungene Gedankenaustausch erinnerte mich sofort an Begebenheiten aus meiner Zeit im Ruhrpott. Sprache und Wortwahl, Betonungen und Mimik ähnelten meinen früheren Kneipengesprächen in Dortmund-Barop. Die wohlgemeinte Distanzlosigkeit und Kumpelhaftigkeit vermittelten ein Gefühl des Zuhauseseins.

Vielleicht ist dies eine Brücke, um mit meiner Stadt, mit dem Revier noch etwas anzufangen; wenn mir der Ruhrpott noch irgendetwas bedeuten soll, muss ich ihn für mich neu erfinden.

Ich bin gerade erst dabei.

Impressum

Bibliografische Information der Deutschen
Nationalbibliothek: Die Deutsche
Nationalbibliothek verzeichnet diese
Publikation in der Deutschen
Nationalbibliografie; detaillierte bibliografische
Daten sind im Internet über dnb.dnb.de
abrufbar.

© 2020 Peter Bothe
Herstellung und Verlag: BoD – Books on
Demand, Norderstedt
ISBN: 978-3-7526-1992-8

FSC
www.fsc.org
MIX
Papier aus ver-
antwortungsvollen
Quellen
Paper from
responsible sources
FSC® C105338